纽伯瑞国际大奖小说

银顶针的夏天

Thimble Summer

[美]伊丽莎白·恩赖特/著 蒋琳/译

团结出版社

图书在版编目(CIP)数据

银顶针的夏天 / (美) 伊丽莎白·恩赖特著；蒋琳译. -- 北京：团结出版社，2022.4
（纽伯瑞国际大奖小说）
ISBN 978-7-5126-9383-8

Ⅰ.①银… Ⅱ.①伊… ②蒋… Ⅲ.①儿童小说—中篇小说—美国—现代 Ⅳ.①I712.84

中国版本图书馆CIP数据核字(2022)第077202号

出版：团结出版社
（北京市东城区东皇城根南街84号 邮编：100006）
电话：(010) 65228880　65244790　（传真）
网址：www.tjpress.com
Email：65244790@163.com
经销：全国新华书店
印刷：大厂回族自治县德诚印务有限公司

开本：145×210　1/32
印张：67.75
字数：1070千字
版次：2022年11月　第1版
印次：2022年11月　第1次印刷

书号：978-7-5126-9383-8
定价：198.00元（全九册）

出版说明

纽伯瑞儿童文学奖(The Newbery Medal for Best Children's Book),又称纽伯瑞奖,是以英国著名出版家约翰·纽伯瑞而命名。于1922年由美国图书馆学会(American Library Association)的分支——美国图书馆儿童服务学会(Association for Library Service to Children)创设建立,专用于表彰在美国儿童文学界有伟大贡献的作家们。至今已成为整个美国乃至全世界公认的儿童文学大奖。

纽伯瑞出生在英国的一户农家,他是自学成才的儿童文学作家和出版家。他打破当时保守的风气,崇尚"快乐至上"的儿童教育观念,开辟英美儿童文学之路,所以被后人称为——儿童文学之父,纽伯瑞的贡献对于儿童文学,可以说是个重要的里程碑。

纽伯瑞奖每年评选颁发一次,奖励前一年度出版的优秀英语儿童文学作品。此奖项设立金、银两个奖章,每年金奖设立一部、银奖设立一部或多部。设立至今,几百部优秀儿童文学作品已经荣获此奖项。

我们本次通过精心挑选、细致编辑,为大家整理了此套纽伯瑞国际大奖小说丛书,全套九册,多为历届获奖作品中的金银奖章作品。

银顶针的夏天

选取故事也多元丰富，或滑稽、玄妙，或温存、美好，或是展现不畏艰难的生活态度，亦或是在民族历史背景下的奋进。本本都各具特色，引人入胜，下面让我们先睹为快吧！

《老烟草店的故事》（又名《弗雷迪历险记》）以小男孩弗雷迪的视角，叙述他进入烟草店后的种种奇遇，结识了许多奇奇怪怪的朋友：店主托比、阿曼达姨妈、平奇先生、两个怪老头、水手等……在弗雷迪偶然一次偷吸了中国烟草而召唤出水手米曾后，他和朋友们进行了一次跨时空的魔法冒险。而文末笔锋一转又恰似一场梦境，梦醒回到现实更增添的是对时间的感悟。

《银色大地的传说》由十九个独立成篇的南美洲印第安民间传说组成。作者结合自己独特而丰富的南美洲旅行经历，从幽暗的丛林到无边无际的草原，从万里无云到白雪纷纷，俯瞰耸立的怪石，探索神秘的海底……让我们尽情遨游古老而神秘的异国大陆。同时书中人类与巨人、怪兽、女巫等超自然力量的斗争，又让故事惊险而有趣，堪称世界儿童文学中的珍品。

《海神的故事》是一部由幽默风趣的美国人讲述的中国民间故事，充满传奇色彩的故事扣人心弦。筷子的诞生、风筝的来历，呈现出似真似假的传说；买儿子的温父、懒汉阿喜、正事反干的真俊，一个个鲜活的人物看似可笑，却又从不同层面传达了中国古代人民数千年的智慧和思想精髓。

《扬子江上游的小傅》是一个充满着冒险和奇遇的励志故事。真实地再现了在军阀割据的年代，一个初到大城市重庆的农村少年小傅，被大名鼎鼎的铜匠唐老板收留为徒、视为义子，与同命相连的小李结下了深厚友谊，跟随年老傲骨的王秀才读书认字……小傅面对生活艰辛、城里人的歧视、时局动荡等等一系列问题,用淳朴的灵魂不断挣扎、成长,最终站稳脚跟。

《银顶针的夏天》故事发生在富有人情味的田园乡村,十岁的小女孩加内特在酷热的夏天,从干涸的河床上拾到了一枚银顶针,仿佛银顶针带来了魔法,使她的生活发生了一系列奇妙的变化:久旱的农场迎来酣畅的大雨,流浪汉埃里克成为她家里的一员,小猪提米荣获展会蓝丝带……这么多幸运的事情都在拾到银顶针后的夏天到来了。我们体会了纯真的乡间生活的同时,也感悟到人情的美好。

《消失的湖》讲述一对表兄妹朱力亚和波西娅暑假探险途中,无意间发现了大沼泽边矗立的一片颓废"鬼城"社区,开启一段神奇的冒险之旅。他们结识了乐观开朗的明尼婆婆和品达爷爷,得知了沼泽曾是美丽的湖泊,"鬼城"曾是考究的社区的秘密,这个奇妙的假期,他们用善良、勤劳、乐观的态度,创造了自己的"世外桃源"。

《风之丘》讲述了小伙子奥利弗因假期从舅舅家赌气出走途中,在风之丘结识了养蜂人,这个优美的地方和有魅力的人深深吸引他多次前往。从养蜂人讲的故事中揭开了整个家族的秘密,最终奥利弗用自己的智慧帮助舅舅解决了风之丘的问题。同时他自己的内心也得到了反思和洗涤。

《城堡镇的蓝猫》这是一个充满想象和寓意的故事,主人公是一只在蓝色月光下出生的蓝色小猫,它有着丰富的内心世界,因为特殊的毛色而有了特殊的使命——把《河流之歌》传达给城堡镇的居民,这首歌饱含人类友爱、善良、美丽、和平和知足常乐等最基本的价值观。在它到达城堡镇时,发现那里的人们心中充满着仇恨、不满、欺骗、互不信任。蓝猫历尽艰险,用积极坚强的品德最终完成了使命。故事有趣，情节悬妙，蕴藏哲理，也揭示了人们在面对真理、谎言、诚实及贪婪时的挣扎。

《自由战士》是一位少年跌宕起伏的成长史，也是美国历史的片段缩影，曾经恃才傲物、天资聪颖的银匠小学徒约翰，因意外事故断送了银匠生涯，从此命运改写，跟随爱国人士投身美国独立革命的洪流之中。"人，应该活得顶天立地……"他带着新的梦想为美国的历史增添了浓墨的一笔。

我们本次重新对"纽伯瑞国际大奖小说丛书"的整理出版，本着尊重原典的精神，所选篇目既符合青少年的年龄特点又触及心灵深处，读中有趣、读后有感，连成人也会跟随每部作品追忆那逝水般的美好年华。全书译文细腻传神，适合青少年与家长围炉共读。由于编者水平所限，在编辑过程中，书中疏漏之处在所难免，请广大读者不吝赐教！

目 录

前 言 …………………………………… 1
第一章 遇见银顶针 …………………………… 3
第二章 珊瑚手镯 ……………………………… 21
第三章 石灰炉 ………………………………… 36
第四章 陌生人 ………………………………… 46
第五章 被锁住 ………………………………… 60
第六章 旅 行 ………………………………… 75
第七章 "像拾荒者的口袋一样" …………… 91
第八章 展会日 ………………………………… 114
第九章 甜筒和蓝丝带 ………………………… 127
第十章 银顶针的夏天 ………………………… 146

前　言

九岁的加内特·林登在干枯的河床里发现了一个银色的顶针,几个小时后,天空下起了雨,解决了农场长久以来的干旱。这场雨给庄稼和饲养的动物带来了保障,给加内特的爸爸带来了金钱。加内特禁不住觉得这个顶针是个有魔力的护身符,因为这个夏天不同于以往的日子,她觉得既有趣又兴奋。

原本是孤儿的埃里克成了林登家里的新成员,农场里新搭了一个谷仓,加内特精心饲养的小猪提米在小镇的博览会上赢得了蓝丝带奖。每天对加内特和她最好的朋友西特伦娜来说都是一场冒险。加内特觉得这个奇妙夏天发生的每一件好事都跟这个顶针有关,就像是她专属的顶针夏天。

第一章　遇见银顶针

加内特觉得这一定是到目前为止世界上最热的一天。这几周她一直在想着同样的事情,但是今天肯定是最糟糕的一天。这天村里杂货店外面的温度计上细细的红色指针指向了110华氏度。(译者注:这里的华氏度约43.3℃/摄氏度。)

人们感觉像被困在一面鼓里,天空就是发光的鼓面,紧绷绷地罩在这个山谷上面。土地也因炎热而变得紧绷绷、硬邦邦的。过了一会儿,天色黑了下来,响起了轰隆隆的雷鸣声,就像有一只巨大的手在敲打着那面鼓;小山丘上布着厚厚的云层,不时会有几道炽热的闪电划过,但是没有雨。像这样的天气已经有很长一段时间了。加内特的爸爸每天晚饭后都会走到房子外面抬头看看天空,然后低头瞧瞧地里的玉米和燕麦。他总会摇着头说,"不,今晚下不了雨。"

燕麦的穗子过早地变成了黄色,当一阵干燥的风吹过,玉米的叶子变得脆弱且残破不堪,它们就像报纸一样沙沙作响。如果雨再不快点来,地里的玉米将颗粒无收,他们只能把燕麦收割当干草用了。

加内特生气地望着这一片云都没有的天空,挥了挥拳头,大喊:"你!为什么就不能下场及时雨呢!"

加内特光着脚丫,每走一步都扬起了一阵灰尘。灰尘沾满头发,还钻进她的鼻子里,弄得鼻子痒痒的。

加内特已经九岁半了,她长着细长的手臂和双腿,梳着太妃糖色的双马尾辫,上翘的鼻子上有些雀斑,一双棕绿色的眼睛。她穿着一条不到膝盖的蓝色连体工装裤。她可以和男孩子一样吹口哨,就像现在,她轻轻地、心无旁骛地吹着口哨,把对老天的闷气抛到了脑后。

一片高大的黑色冷杉树下,豪塞尔家的农场扎实地建在路边的拐角处,安静得像是睡着了。草坪上有一个鲜红色鼠尾草花的花坛,拖拉机和打谷机相互挨着停在树荫下,就像两只友好的怪兽。路对面,豪塞尔家的猪都懒洋洋地躺在它们的棚子里,发出了哼哼的声音。"一群又懒又胖的东西。"加内特说着,朝着最大的那头猪扔了一块鹅卵石,因为它打鼾很吵并且还拖着笨重的身体走来走去。但加内特只是看着它笑,它们中间还是隔着一个栅栏的。

在她身后有一扇纱门砰的一下关上了,然后西特伦娜·豪塞尔从房子楼梯上走了下来,手上拿着擦碗布当作扇子扇风。西特伦娜是个胖胖的小女孩,有红红的脸颊和一道厚厚的黄色刘海。

西特伦娜叫住加内特:"地上不热吗?你要去哪里啊?"

"去取邮件。""我们可能会去游泳。"她又想了想说。

但是西特伦娜没办法去,她要帮她妈妈熨烫衣服。"在这样的天气做这样一件小事真不错,"她愤愤不平地说,"我打赌,我肯定会像一磅半重融化掉的黄油流得厨房地板上到处都是。"

加内特想着那个画面咯咯地笑了,然后开始上路了。

"等一下,"西特伦娜说,"我不妨去看看那里有没有寄给我们的邮件。"

西特伦娜一边走一边拿着擦碗布做了点不一样的事情。刚开始,她把擦碗巾当作围巾披在头上,然后她又把它系在手腕上,但是太紧了,最后它被塞进了她背后的皮带里,就像一列火车在背后挂着。

西特伦娜说:"像这样的天气让我想要在某处找到一个瀑布。那种流着的是柠檬汁而不是水的瀑布。我可以坐在那里张着嘴一整天。"

加内特说:"我宁愿待在高山上。你知道的,欧洲那里的一座山,那种即使是最热的夏天山顶上还是会有积雪的山。我想要坐在雪地上,向下望着绵延数英里的山谷。"

"爬山太麻烦了。"西特伦娜叹着气说。

加内特和西特伦娜她们转了个弯,沿着高速公路一直走到了邮箱那里。路旁窄窄的柱子上面有四个这样的邮箱——四个大铁盒子上是弧形的盖子,有些甚至底座倾斜得很严重。这些让加内特想起了那些戴着有弯帽檐儿遮阳帽的瘦弱老妇人,站在路边叽叽喳喳地聊着八卦。

每一个邮箱都用黑色的印刷体印上了各自的名字:豪塞尔、舍恩伯克、弗里伯蒂和林登。

豪塞尔家通常会收到最多的邮件,因为他们家是这里最大的家族,而且西特伦娜和她的哥哥们经常会寄一些邮件要一些报纸广告上宣传的免费样品。今天邮箱里有寄给西特伦娜的一小瓶染发剂和一袋猪饲料的样品,还有给她哥哥雨果的三种不同味道的牙膏。

加内特和西特伦娜还偷偷瞄了一眼舍恩伯克老先生的

第一章 遇见银顶针

邮箱,想看那只小麻雀的鸟巢还在不在。鸟巢还在,而且已经有一年了。他的邮箱里从来没看到过任何信。

加内特打开了写着她姓氏"林登"的邮箱,拿出了一个很大的包裹。

加内特大喊:"看!西特伦娜,这是农贸商店的商品目录。"

西特伦娜一把抓过包裹,撕开了包装纸。她和加内特都很喜欢看这个大商店的商品目录。目录里面几乎有世界上你可能想要买的任何东西的图片,当然还有一些你可能不想买的东西,比如拖拉机的零件和各式各样的热水瓶,还有好几页连衫裤的图片。

加内特把剩下的邮件从邮箱里拿了出来。但是她看了一眼就知道这些不是真正的"信"。这些信封很薄,在信封的左上角还很规整地印着公司名字的小字体,其中两个信封中间还有一个长长的透明窗口。所以,这些不是真正的信,它们其实是账单。

西特伦娜盯着一张图片,上面一个年轻漂亮的女人穿着一套晚礼服,她看到图片下面的那行字写着:"穿上一件完美的舞会礼服,你就是最美丽的那个人。尺寸14-40,11.98美元。"

西特伦娜出神地说:"等我十六岁的时候,我的所有裙子都会是这样的。"

但是加内特并没有听见西特伦娜说的话。加内特知道"账单"是什么意思。今天晚上,她父亲肯定会一直坐在厨房,一脸愁容,沉默不语,在一张纸上面做着加法。等家里每个人都睡了,他会一个人在那里待很长一段时间,灯也亮着。"只要老天下雨就好了!地里会有很好的收成就会有更多的钱。"加内特心想。她抬头看看了天,什么变化都没有,连片云也没有,这样的天气已经持续好几周了。

西特伦娜闷闷地说:"我必须回到我宝贝的熨斗板那里了。"她"啪"的一声合上目录,然后递给了加内特。

他们在豪塞尔家农场那里道了别,看着西特伦娜胖胖的背影,身上还挂着一条像火车一样晃来晃去的擦碗布,加内特忍不住笑了。

加内特向着长长的山坡上走向她家,她可以看到树之间隔着的那条玻璃一样透明的河流。河的水面越来越低了。过不了多久,水面就会低到装不下任何东西了,但是可以蹚水过河了。

几滴汗水就像一颗颗眼泪从她额头上滑了下来,又钻进了她的眼睛里。她的背上感觉湿湿的。她希望她不用把这些账单交给她父亲。

第一章 遇见银顶针

等她走到门口的时候,她的影子也越拉越长了。她的哥哥杰正提着装牛奶的桶从谷仓出来,朝着房子的地下冷藏室走去。杰已经十一岁了,有着跟他年龄不符的高个子,肤色晒得黑黑的。

杰问:"有给我的邮件吗?"

加内特摇摇头,然后杰走进了冷藏室。

加内特家里的谷仓又大又旧,就像公交车突然转弯一样向着一边倾斜得很厉害。等有一天她父亲有足够的钱,他会建一个新的谷仓。谷仓旁边会有一个很大的筒仓,加内特跟之前一样又在想,如果说能在那里有一个自己的房间就好了,房间小小的、圆圆的,房顶上有一扇可以向外打开的窗户,这就跟城堡塔上的房间一样了。

加内特在猪棚旁边站了一会儿,她看着奎因夫人,那只身体庞大的母猪,还有它的一窝小猪崽。它们才刚刚出生,有着一双软嘟嘟的大耳朵和一双超小的蹄子,看着就像穿着一双高跟的拖鞋一样。奎因夫人像涨潮一样重重地翻了个身,把它嚎哭的孩子们推到了左右两边。它是个没耐心的母亲,总是怒气哼哼地叫着,如果小猪崽们打扰了它,它会把它们踢到一边。

加内特还没给这窝小猪起名字。她靠着栅栏开始想名字。最大的那只小猪不是一般地贪吃,甚至都有些自私。它会踩在它弟弟们的身上,用脚夹住它们的耳朵,把它们推到一边。想都不用想,它肯定长大会成为像它爸爸一样的种猪。雷克斯对它来说估计是个好名字,或者皇帝、暴君,或者那种听起来高大、大胆一点的名字。加内特最喜欢的还是那只可怜的、柔弱的小猪,它一直没吃饱过。

不知道为什么,提米这个名字似乎对它很合适。

加内特慢慢地走向枫树下那幢黄色的房子,打开了厨房的门。

加内特的妈妈正在黑色的大煤炉上面煮着晚餐,她的小弟弟唐纳德正坐在地板上像火车一样发出噪声。她妈妈抬头看了一眼,她的脸因为靠近滚烫的炉子红通通的。"亲爱的,有信吗?"她问道。"账单而已。"加内特回答。

"哦。"她母亲说,然后又背过身去做饭了。

加内特迅速地说:"还有农贸商店的一本目录,里面有一条裙子你穿起来会很好看。"她找到了那张写着"你是最美丽的女人"的照片。

她妈妈看着那张裙装的照片笑着说:"亲爱的,我不觉得这是我的风格。"说着摸了摸加内特左手边的辫子。

加内特在开窗的一侧开始摆餐具,摆了四副刀叉,留给唐纳德的只有一把勺子,因为他总能心不在焉地吃完饭,最后吃进去的燕麦和弄在身上的一样多。

在桌子中间，加内特放了一瓶番茄酱、一瓶盐和一瓶胡椒，一个印着牵牛花图案的放糖的瓷罐子，还有一个放满了勺子的瓶子。放好之后，她下楼去了冷藏室。

冷藏室很安静，光线很暗。水龙头慢慢地往下面的深水池里滴水，里面泡着盛牛奶的铁罐子，还有放黄油块的瓦罐子。加内特倒了一壶牛奶，拿了一块黄油放到她拿来的盘子上。她蹲下把两只手臂伸到了水池里，水因为洒出来的牛奶变得浑浊了，但还是冰一样的冷。加内特可以感觉到冷气渗入了她所有的血管里，不禁从头到脚打了个颤。

再次走到厨房的时候，加内特感觉走进了一个热热的红色烤箱里。

唐纳德不模仿火车了，又变成了一辆消防车。他似乎充了电一样，绕着房间不停地跑圈，发出嗡嗡的声音。"他怎么可以这么有活力啊！"加内特心想。"他甚至没注意到这难以忍受的热气，尽管他的头发就像淋湿的羽毛一样黏在一起，脸蛋跟小萝卜一样红红的。"

加内特母亲向窗口望了望，说："你们爸爸回来了。加内特，别现在把账单给他，我希望他可以安心吃顿晚饭。把账单放在日历后面，我会看着办的。"

加内特迅速地把账单藏在了水池边架子上的日历后面，日历上的图片是一群羊在粉粉的天空下一片山坡上吃草。图片的名字是"高地的晚霞"。加内特会经常盯着这张图片,好像自己站在羊群身后,待在那样一个安静的地方,只能听见羊群吃草的声音。这给她一种很愉快、很遥远的感觉。

纱门被打开了,发出了它自己独特的吱嘎声,然后她父亲进来了。他走到水池边洗了手。他看起来很累,而且脖子上被晒伤了。他说:"多糟糕的一天!再来这样的一天——"然后他摇了摇头。

天气太热她很难吃得下去,加内特讨厌她的燕麦。唐纳德呜呜地抱怨着,打翻了他的牛奶。杰是唯一一个吃得最安分的人了,好像很享受的样子。加内特觉得如果家里没有任何可以吃的东西,他可能会把家里的木板给吃掉。

加内特帮忙洗完碗后,她和杰换上了他们洗澡的衣服,沿着河流向下走去。他们必须沿着一条路一直往下走,穿过一片牧场,经过几片沙滩,才到了一个足够深可以游泳的地方。这是一个又黑又安静的小池塘,旁边是一个小岛,上面有树荫遮着,树根也垂入了水里。孩子们接近的时候有三只乌龟从一段树枝滑入水中,在平静的水面上留下了三个渐渐晕开的水圈。

加内特的脖子刚刚露出水面,水还有点微微的温,她看着这接近棕色的水说:"这看起来像茶。"

第一章 遇见银顶针

杰说:"感觉也像茶,我希望水温能够再凉一点。"

但这还是水,而且足够在里面游泳了。他们一下浮在水面,一会儿又比谁游得快,然后还在那棵像是给池塘弯腰鞠躬的老桦树下面潜水。杰潜水很厉害,入水的时候很少溅起水花,但是每次加内特都只能背面朝上浮在水面上。和平常一样,杰又在尖锐的石头上划伤了自己的脚,还流了很多血。同样,加内特又一次被卷入了比较急的水流里,尖叫着并等着杰来救她。他们费了很多心思,又遇到了一些困难,他们最后用枯树枝做了个木筏,但是他们一起坐在上面还是会沉下去。但是没有什么事情会扫了他们的兴。

等他们彻底在水里泡得眼睛红了,流眼泪了,他们去了因几周干旱裸露出来的沙地那边探险。这里可以找到各种各样的东西:装着五颜六色珍珠的、开裂的蚌壳;留着绿色苔藓长胡子、泡过水的树枝;生锈的烟草罐子,搁浅的鱼和罐头,还有一个破茶壶。

他们到处闲逛,边走边弯腰检查和挑拣东西。这片潮湿的沙地上有股浓浓的、泥泞的味道。过了一会儿,树后面落日的光线很耀眼,但是空气似乎并没有凉下来。

加内特看见了一个闪闪发光的小物件半埋在沙子里。她跪着用手把东西挖了出来。它是一个银色的顶针!它到底是怎么掉到河流里的!她把找到的一只旧鞋、一些打磨过的玻璃碎片、收集的几个蚌壳都丢到了地上,上气不接下气地跑向了杰的身边,拿给他看。

她得意地大喊:"它是纯银的!而且我觉得它肯定也是有魔法的!"

杰看上去有点嫉妒地说:"魔法!别说了,这种东西根本不存在的。但我肯定这个顶针值点钱。"他自己也找到了两件相当重要的东西,一个是公羊的头骨,眼眶上面还长了一些苔藓;另外一个是张口到处乱咬的大乌龟,一脸臭脾气。

加内特小心翼翼地用一根手指摸了一下那只乌龟漂亮的外壳。

加内特提议:"我们叫它老铁壳吧。"她喜欢给东西起名字。

过了一会儿,天太黑了所以没办法看得很清楚,但是他们还是又去游了一次泳。加内特紧紧地攥着她的顶针,这是她目前找到的最好的东西,不管杰怎么说,它肯定能够给她带来好运。她很开心,一边浮在水面上,一边抬头看着被星星和萤火虫点亮的黑夜。

天越来越黑了,蚊子也让人更加难以忍受了,然后他们决定回家了。

经过那片沙地的时候,周围有点黑乎乎的,还有点吓人。河边两岸的树林里猫头鹰们发出了弱弱的、失落的声音,而且这里有一只猫头鹰会时不时会发出一种尖锐的、吓人的叫喊声。

加内特知道它们只是猫头鹰而已,但除了萤火虫微弱的光外,这伸手不见五指的黑夜总让她感觉它们可能是任何东西,或者是走路很小声的动物,只在夜里活动的,在树中间一直看着、跟踪着她。杰一点儿也没注意到它们,他只是用他的毛巾拍打蚊子。

"听着,加内特,"杰突然说,"等我长大我不会当一个农民。"

"但是,杰,那你还能做什么呢?"加内特惊讶地问。

"我不想当一个农民,看着我的好庄稼因为干旱得了小麦锈病或者干死。我不想我的一辈子靠天吃饭。我想走出这个圈子。到海上,当一名水手。"

他们没有一个人见过大海,但是大海有一种来自远方的、既潮湿又多风的声音让他们很兴奋。

"我也要成为一名水手!"加内特大喊。

杰只是嘲笑她:"你?女孩子没办法当水手的。"

"我可以的!"加内特坚定地回答。"我将会是这里的第一个女水手。"然后她想象着自己穿着水手裤,衣领上别着几颗星星的领章,抓着一根高高的船桅杆向上爬。头顶上,是让人眩晕的蓝天,全都是飞鸟;往下望,是深不见底的大海，还有巨大的海风在海面上吹。

她对这个画面太着迷了，以至于她都忘记自己在做什么了，砰的一声撞向了栅栏，她的泳衣被有倒钩的电线给挂住了。"疯了，你为什么不看自己往哪里走啊？"杰耐心地说，然后帮她解开了。

他们穿过电线一路走到了牧场。天很黑，他们必须小心地走每一步。空气里闷闷的，很安静。

"我感觉我根本没有游过泳，"杰抱怨道，"我现在感觉更热了。要是给我两美分，我肯定会去再游一次。"

"我不想去，"加内特说，"我只想睡觉。"加内特光想到要边听猫头鹰的叫声边摸黑在河流游泳，她就感觉很吓人，但是她没告诉杰。

空气里混着尘土和牧场里各种花的味道：薄荷、香蜂草和蝶须草。加内特深深地吸了一口气。

"我们还是只在冬天当水手吧，"她说，"我希望能在这里度过我所有的夏天。"

他们翻过了牧场的大门，朝着那条落满灰尘的回家路上走去。厨房的一盏灯还亮着。透过窗户，他们看见他们的父亲埋头盯着一本笔记本。

"该死的！"杰小声说。"我永远都不会当一个农民！"

第一章 遇见银顶针

加内特说了声晚安，然后踮着脚上楼去了阁楼屋檐下她的房间。这个地方太热了，以至于灯台上的蜡烛也因为太热弯成了两段。加内特把蜡烛掰开，然后用她带上楼的那根蜡烛点燃了这一根。飞蛾们看到了烛光，一起凑在了窗前，振动的翅膀轻轻地敲打着窗户，活动着灵巧的、纤细的腿在窗户上爬上爬下。小虫子从纱窗的网眼里钻了进来，围着烛火舞动，然后把自己烧着了。加内特吹灭了蜡烛，躺了下来。即使是一层床单也太热了。她躺在那里，汗水湿透了全身，身上传来的热度就像盖了几层厚被子，听着弱弱的、空空的、没带来雨的雷声。过了一会儿，她睡着了，梦到了她和杰坐在一艘小船上，周围是宽广的、平静的大海。她在划船，这是个辛苦活，而且她的手臂很痛。杰坐在船头拿着一个望远镜。"这附近看不到一个农庄，"他不停地说，"一个也没有。"

晚上很晚的时候，加内特醒来的时候有一种奇怪的感觉，总感觉有什么事情要发生。她安静地躺着，听着外面的声音。

又是一声雷响，听起来比傍晚早些时候更响了，声音就像是从大地而不是天空传来的，甚至房子都跟着轻微晃了晃。然后慢慢地，一个接着一个，好像有个人在房顶上扔硬币一样，雨滴落了下来。加内特屏住气，声音却停了。"别停啊!"她小声说。一阵嘈杂的风卷起了树叶,然后一场大雨响亮有力地敲打着大地。加内特从床上跳了起来,跑到了窗前。凉凉的雨水打在她的脸上,然后她看到几道闪电同时落在地平线上,就像一棵着火的树一样。

她飞快地转过身,向那条窄小的楼梯跑去,跑到了楼下她父母的卧室。她重重地敲着门,推开了门并朝里喊:"下雨了!下大雨了!"她感觉这场暴雨好像是她送给他们的一份礼物。

加内特的父亲和母亲纷纷起床跑到窗前。他们几乎不敢相信,但这是真的。到处都是下雨声,当闪电出现的时候是可以看到的,像是一道银白色的大瀑布。

加内特下一段楼梯直接滑了下来,冲到了门外。五分钟内,整个世界变成了一个暴力的、陌生的地方。那雷声就像敲大鼓的鼓音,像开炮的爆炸声,像七月四号的欢呼声,只是更响而已(译者注:七月四号是美国的独立日,相当于中国的国庆日)。雨就像海水翻了一样一直下,大风也一直呼呼地刮,捶打着树干,晃得树枝咯吱咯吱地响。在一道道闪电的亮光中,加内特看到了牧场低处的几匹马,它们的头仰着,身上的鬃毛一直在飘,甚至它们都看起来不一样了。

房子里,加内特听到她母亲在关窗。她马上跑到了杰的窗口那边叫他:"起床了!起床了!赶快出来淋雨了!"她

第一章 遇见银顶针

哥哥的脸上挂着惊讶的表情说:"哦,天哪!"然后不到一秒钟的时间他就冲到了门外。

他们像野兽一样在草坪上绕着圈地跑来跑去、大喊大叫。加内特不小心踢到了脚趾,整个人跌进了种大黄的花坛里,但是她一点也不在意。她从来没这么开心过。杰拉着她的手,跑下了斜坡,穿过了菜园。他们跌跌撞撞地滑过,躲避挡路的豆角架和大白菜,耗尽了所有力气终于到达了牧场一边的栅栏。

天空突然划过一道亮光,闪得加内特闭上了眼睛。就在此时,一道好像把大地劈成两半的巨响传来,他们脚下的土地在震动。她知道闪电肯定击中了附近的某个地方。这个声音让加内特感觉太近了。她听到她的母亲在家门口的叫声,然后像只兔子一样飞快地跑回了家。

"我们就像科曼奇族的印第安人一样在雨中跳舞。"她解释道。

"你湿透了!"她母亲大喊。"你们两个都脏死了,你可能会得重感冒。"但是灯光下她的脸上是笑着的,继续说,"我声明,我不介意对自己做同样的事。"

现在房子里的温度很凉爽。风穿过窗帘吹进了加内特的房间。她换上了一件干的睡衣,把毯子拉到她的下巴下面,然后听着暴风雨的声音。好长一段时间,天空一直发出轰隆隆的、哗啦啦的声音,还闪闪发光,然后闪电和雷声慢慢地越来越少,然后完全消失了。

但是雨一直下了一整夜,能够听见排水沟的流水声、屋檐的滴水声、湿叶子的碰撞声、雨渗进阁楼裂缝的滴答声,以及雨落在洗碗盆的乒乓声,像有个人在敲一面小锣。

当加内特沉住气仔细聆听的时候,她几乎好像能够听到深深扎在湿漉漉的大地里面的树根正在喝水,犹如获得了重生一样。

第二章　珊瑚手镯

几天后的下午，加内特去取邮件，雨下得很大。她穿着一件很短的雨衣，脚上穿着一双杰的橡胶雨靴，但是因为鞋子太大了，她每走一步就发出咯吱响的声音。

路上汇成了一条条的小溪流，是咖啡和奶油混合的颜色。小青蛙跳来跳去，加内特走得非常小心，以免踩到它们。她的雨衣上有一股又浓又香的油味儿，她还在其中一个口袋里发现了一块被遗忘的甘草糖。

邮箱里面有一封寄给她父亲看起来很重要的信，有两封寄给她母亲的信，还有一张印着一座办公楼和两辆车图片的无聊卡片，是德卢斯的尤利乌斯叔叔寄给杰的。这里没有一封寄给加内特的信，但是除了圣诞节和她生日，也不会有任何寄给她的信。

她把邮件塞进了她有些黏黏的雨衣口袋里，然后回头向西特伦娜家的房子走去。她深一脚浅一脚地跨过了草坪，踏着走廊的台阶向上走，透过纱门看到了漆黑的走廊里面的帽架子和橡胶植物。

"西特——伦娜！"加内特脸贴着纱门喊道。和所有的房子一样，豪塞尔家的房子也有自己的味道。房子闻起来有黄姜皂、熨斗和油布的味道，相当闷热。

"西特伦娜！"加内特又喊了一次，这次西特伦娜应了声，砰砰的一步步走下楼梯，刘海贴在她的额头上。

"我在楼上曾祖母的房间，"她解释道，"上来吧，加内特。她正跟我讲她小时候的故事呢。"

加内特脱下了她满是泥的雨靴然后走进了房子。她把她的雨衣挂了起来，然后光着脚走在西特伦娜的后面。

西特伦娜曾祖母的名字是艾伯哈德夫人，她已经年纪很大了。在房子前面她自己有一个小房间，里面摆满了她亲戚的照片。因为年龄和坐着的关系，她也变矮了，身体和一片树叶一样轻，坐在摇椅上，膝盖上一直盖着一条红色的针织毯。她喜欢亮色，尤其是红色。

"是的，"她告诉两个孩子，"我一直很喜欢红色。我还是个小姑娘的时候,我们过去常常自己给衣服染色。秋天的时候,我们采来漆树上红色的浆果煮沸,然后我们会把衣服浸在里面,但是等完成的时候颜色却是有点像红棕色,而不是期待的红色。我一直很失望。"

"那个时候这个山谷里是什么样子的?"加内特问道。

艾伯哈德夫人答道:"哦,那时这里是荒野。当时只有另外一户人家住在这里。布莱尔斯维尔是最近的一个小镇,只有三英里远,但那里当时也只是一个小地方。我们以前常常很努力地工作,每一件事都要自己完成。我们家里一共有十一个孩子,我是家里排行第二小的孩子。男孩子们帮父亲耕地和打理农场,女孩子们要帮母亲做奶油,烘焙,织布,还有做香皂。在夏天我们还小的时候,会常常躺在我父亲的麦田里,等乌鸦过来时每个人会穿着一双木板鞋碰来碰去。有时鹿也会过来,我们必须把它们吓走。但是我们其实过去经常会到河边下游,躲在灌木丛里面看它们到这边来喝水。尽管它们是很美丽的动物,但是我已经三十年都不曾见过一头鹿了。"

"是的,那时这里还是荒野,到处是树林和空地,没有几条路。我父亲经常会骑着一匹叫公爵夫人的栗色母马去布莱尔斯维尔。有时我表现得好,他也会带我一起去,我坐在他的后面抱住他的腰。哎呀,哎呀,他是一个高大的男人,就好像你双手抱着一棵大树一样。我们经常天黑才回家,这让我感觉自己很重要,而且跟我父亲一起骑马穿过那些黑色茂密的森林,让我感觉有点爱上冒险了。"

"在那些日子,这里还有印第安人。我之前和我妹妹马蒂睡在一张矮矮的双层床上。白天的时候,这张床会放到我父母睡觉的大床下面,但是晚上会拿出来放到角落里。从我们睡觉的地方可以看到隔壁生火的房间。哎呀,那个时候冬天很难熬的。我们过去常常一下子被雪困住好几周。我们会让火堆整日整夜地烧,我记得当时我穿着三双长针织袜和许多层法兰绒衬衫,当时我看起来肯定像一棵倒过来的大白菜。对了,那些寒冷的晚上,马蒂和我本该睡着了,但我们总会盯着旁边的房间,影子和火光一直闪烁不定,不断变换着形状,突然我们看到前门慢慢打开了。'看,马蒂'我掐了她一下,对她小声说,'他们又进来了。'我当时感觉有点害怕,全身都是鸡皮疙瘩,而且马蒂还一直抓着我的手。果然,门大开着,那些印第安人进来了,安静得像猫一样,有时是一个或两个,有时有十个那么多。他们穿着用鹿皮做的毛帽子和衣服。在我们温暖的房子里,我们可以听到他们躺在火堆前打呼噜和满足的叹息声。我们从来没亲眼看到他们离开,我们睡着了,他们在天

第二章 珊瑚手镯

亮之前早早地就出去了,但是我们总能在火堆旁发现他们作为交换留下的礼物,有时是鹿肉,或者几只拿来炖的兔子,又或者可能是一个篮子、一袋面粉。有一次,我记得他们留下了几只鹿皮鞋,其中有一双孩子的鞋正好是我的鞋码。哎呀,那双鞋很舒服,也好看,还有脚趾上面的珠子装饰。鞋穿烂的时候,我都快哭出来了。"

"我希望我也有这种鞋,"加内特说,动了动她没穿鞋的脚趾。"我只想要穿那种鞋。"

西特伦娜躺在地板上,给那只坐立着微笑的蓝灰色马耳他猫挠痒痒,它的肚子发出了满足的咕噜声。

西特伦娜说:"说一下你不乖的时候吧,曾祖母,你知道的,你十岁生日那天……"

艾伯哈德夫人笑了。"再讲一次?"她问。"好吧,加内特还没听过这个故事,是吧?你知道的,加内特,我之前是一个很任性的孩子,总想要按自己的方式来,生气的时候随便发脾气。其实,那个时候在布莱尔斯维尔只有一个商店,那个杂货店叫作——"

"那个杂货店叫作艾利·格伦瑟的杂货铺。"西特伦娜插了一句,因为她已经把这个故事牢记在心了。

艾伯哈德夫人说:"是的,就是这个名字。艾利·格伦瑟是一个又高又瘦、脖子很短的男人,但是我们都很喜欢他,因为他对我们很好,无论我们什么时候来,他常常会给我们糖吃。他的店里面有任何你能想到的东西:马具、生活用品、按匹卖的印花棉布、糖果、鞋子、书、工具、帽子、粮食和饲料,还有首饰和文具。那里是个好地方。我父亲之前开玩笑说,'艾利,你打算什么时候卖农场的牲畜和火车头呢?'"

"所以,在艾利的杂货铺橱窗里曾经放着一个珊瑚手链,我想它是一个仿冒品,但是我的天,我当时觉得那是我见过的最漂亮的东西。它是用珊瑚的珠子串成的,还挂着一颗心形珊瑚吊坠。这是我当时最想要的东西,而我有的首饰仅仅是一串桉树果和玫瑰果串成的珠串。我一直想着那串珊瑚手链,每次去布莱尔斯维尔小镇,我走进艾利的杂货铺里都怕看到那条手链已经被卖掉了。最后艾利跟我说,'其实,那条手链值一美元,既然你这么想要,而且它放在这里也这么长时间了,那我就给你降价到五十美分卖给你。'"

"'哦,谢谢你,艾利。'我说,'等我有五十美分的时候,我就来买。'"

"当时还是五月初,等我攒够了钱已经是八月底了。我已经差不多在一个存钱瓷罐里面存了五十美分了(我记得那个瓷罐是蓝白色的,形状就像一只木鞋),并且我为了赚更多的钱努力多干家务。我之前常常除草、打理整片西瓜

第二章 珊瑚手镯

地的时候，我父亲每卖掉一个西瓜就会给我一美分。我生日是八月二十七，我父亲答应我那天会带我骑着公爵夫人去布莱尔斯维尔，然后我就可以拿到那串手链了。"

"就这样，终于到了生日那天，是夏天快结束的那种晴朗、闷热的日子。我还记得这好像是上周的事情，我十岁了。早饭后我把我那份家务活干完了，然后我冲出了家门。我父亲正在谷仓前给公爵夫人装马鞍。哦，我感觉好高兴，我把五十美分放在一块手帕上用绳子系起来，我晃它的时候发出了叮叮当当的声音。

"'我需要换下我的裙子吗，父亲？'我喊道。"

"我父亲看了看我。'今天不行，芬妮，'他说。'我今天不能带你去了。我要去霍根维尔去谈生意。'"

"当时，我什么都没说。我转过身回到了房子里。我帮母亲和妹妹们一起洗衣服，从菜园摘晚餐吃的蔬菜，帮着洗菜和炒菜，但是我吃不下。我内心的愤怒一直在增长，就像我要爆炸了一样。晚餐后我弟弟托马斯和我一起拿着几个桶去森林里摘黑莓。我越想越生气，眼泪一直涌进了我的眼睛里，我看不到自己在做什么，然后我的裙子被黑莓刺丛钩破了。然后我再也忍不了了，我把我的桶递给了托马斯。"

"'你装满它，'我说，'我去布莱尔斯维尔拿回我的手链。'"

"托马斯睁大着眼睛看着我。'你怎么去那里啊?'他问。"

"'走路,'我说,'如果你敢告诉任何人我去哪里,我一定会好好地打你一顿。'"

"可怜的托马斯,嘴巴张得超大,他只有六岁。我应该懂事一些,而不是把他一个人留在那里。可我当时还是一个又调皮又没头脑的女孩子。"

"哦,所以我走啊走啊。天气很热,路上都是灰尘,而且我的脚后跟还磨出了一个水泡。但是每走一步我口袋里的钱砰的一声打在我的腿上,我就想起了那串手镯。最后我终于走到了布莱尔斯维尔,我直接走进了艾利·格伦瑟的铺子。"

"'我来取我的手镯了,艾利'我说,'我拿到五十美分来买手镯了。'"

"艾利有点奇怪地看着我。'哎呀,芬妮,'他说,'我以为你永远都不会来了,所以我早在一周前就把那串手镯卖给了米尼塔·哈维。'"

"哦,那个消息实在太过分了。我低头靠在柜台旁边,我哭得心都碎了。艾利觉得特别内疚。"

"'好吧,芬妮。'他说,'别哭了。我会以同样的价格

第二章 珊瑚手镯

把那个玛瑙吊坠卖给你,这件更划算一点。或者你想要那条蓝色珠子的项链吗?'"

"但是,不,除了那条珊瑚手链,我什么都不要。"

"最后,我停下了哭声,擦干了眼泪,然后告诉艾利太晚了我要回家了。我觉得当时他不知道我是一个人回家的,否则他不会让我离开的。他给了我一个大棒棒糖,然后拍了拍我的肩膀。"

"'别管那条小手链了,'他说,'下次我去霍根维尔的时候说不定我能给你找到一条一模一样的。'"

"太阳落山了,我开始加快了速度。路上两边的小树林都又黑又密,每过一分钟天色都变得越来越黑。除了蟋蟀的叫声外,周围没有其他的声音。我吸了几口气,感觉自己好可怜。我的天,当时我又伤心又累。"

"我猜应该已经走了差不多四分之三的路程,然后我注意到了路旁有个人朝我走来。那个时候天很黑,虽然天上亮着星星,但是很难看清。有一瞬间,我打算躲在路边,但我还是决定既然我附近几英里的每一个人都认识,就没什么需要害怕的。但我走近了才发现那个男人是个陌生人。他一侧夹着一捆东西,和那些印第安人一样,穿着鹿皮做的夹克衫。"

"'晚上好。'我走近礼貌地说,然后继续往前走。"

"'你好,小女孩,'那个男人边说边抓住我的手臂,'你走这么急去哪里啊?'"

"'回家,'我尽量让自己的声音听起来不害怕的样子,回答道,'请放我离开,我赶不上晚饭了。'天哪,天哪,为什么我不和托马斯待在一起呢?"

"'晚饭,'那个男人说,'那你觉得如果你没有任何晚饭吃的感觉会怎么样?你觉得如果你不知道你下一顿饭在哪里吃又是怎么样的感觉?'他更用力地抓着我的手臂。'或者你口袋里可能有几美分能给一个饥饿的人买点吃的?'"

"'哦,是的!是的!'我喊道,我把口袋里打结的手帕拿出来递给了他。'这里有五十美分,'我说,'你可以全部拿走。'然后我抽出了我的手臂,然后风一样逃跑了。"

"我没敢回头看,但是我回家的路上好像一直能听到那个男人的笑声。"

"我磕磕绊绊地走在到我家门前的小路上,然后红着一张脸,气喘吁吁地跑进了屋子里。"

"'芬妮!'我母亲喊道。'托马斯在哪里?'"

"'托马斯!'我说。'他不在家吗?'"

"'他确实不在家,'我母亲回答,'我一直担心着你们两个,家里的男孩子们刚刚去外面找你们了。托马斯在哪里？你在哪里弄丢他的？'"

"'哦，母亲，'我说，'我把他一个人留下摘黑莓了。'然后我失控地哭了出来，然后告诉了她整个故事。"

"我年纪大的哥哥们，乔纳森和查尔斯，拿着几盏灯笼去找托马斯了。查尔斯还拿着他的猎枪。"

"我跑到外面，然后坐在门口邮箱那里看着整个山谷。不久之后，月亮出来了。我记得那还是个满月，一个九月中旬真正的满月。河流上雾气开始升起来了，所有的小水塘就像一团团烟雾。一只猫头鹰在树林的某处一直叫着，我还听见了一只狐狸的吠声。我觉得当时我肯定是世界上最惨的孩子。哦，托马斯，我想着，'我为什么要把你一个人留在树林里呢？就为了一条我没拿到的愚蠢的手链。'"

"我感觉我好像在那里坐了几个小时。等我看到我哥哥们的灯笼在树林间的亮光，我的衣服已经被露水沾湿了，我的牙齿也在打冷颤。"

"我母亲走到门外，朝他们喊道：'托马斯跟你们在一起吗？'"

"他跟他们是在一起的，谢天谢地！他们发现托马斯在树林里徘徊，待在那块有沼泽的地方大哭，现在那块地方是克拉多克家的农场。原来他迷路了，并且很害怕，但是却一直很小心地没有把桶里的黑莓洒出来！"

"之后,我悄悄地走进了屋子里,然后脱掉衣服,爬到双层床上,躺在已经睡着的马蒂身边。过了很长一段时间,我听见公爵夫人穿过沼泽走在那段木桥上面的脚步声,我知道我父亲从霍根维尔回来了。那个桥总是会发出雷电一样的噪声。"

"等他进屋的时候,我听着母亲告诉他我的表现如何。"

"'唉,可怜的芬妮,'他说,'我不会再去说她了。她好像已经惩罚自己一整天了。'"

"这确实是真的,我感觉自己好像被鞭子抽了一样。"

"所以这就是发生在我十岁生日的故事。"

加内特站起来,一只脚跳着。似乎一下子感觉四肢发麻,她自己甚至都没发觉。

"哦,我还是希望你当时能拿到那串手镯,"她说,"这是我听过最糟糕的生日了。我觉得你爸爸很坏,而且没有遵守他的承诺。"

"不,他一点也不坏,"艾伯哈德夫人说,"之后的圣诞节,他给了我一个小盒子,你觉得里面放了什么?"

"我知道。"西特伦娜得意地说。"里面放着一条珊瑚手链!"她的曾祖母炫耀地说。"这条手链跟艾利卖给米尼塔·哈维的那条手链一模一样。我几乎不敢相信我的眼

第二章 珊瑚手镯

睛。'父亲,'我大喊。'你在哪里得到的这串手链的?'哦,你知道我父亲他是在好几周前我生日那天去霍根维尔那里买的吗!他第一眼就在一个商店的橱窗里发现了它。然后他肯定心想'这跟芬妮特别想要的那条手链一模一样。我给她买下这条手链,她就可以留着五十美分买其他想要的东西了。'但当他回家后听到我造成的一切麻烦后,他就决定最好把这份礼物留到圣诞节再说了。"

"你还留着那条项链吗?"加内特问。

"没有,现在不在了,"艾伯哈德夫人回答,"我一直戴着它,直到我已经是个大姑娘了,然后一天我去水井里打水,我探着身子去轱辘那里取水桶的时候,我的手链断了,所有的珠子和那颗红色的心形珊瑚吊坠都掉到水里了,我还听见了它们入水的声音。"

她长长地叹了口气,然后打了个哈欠。

"走吧,孩子们,"她说,"我觉得我现在需要打个盹了。回忆这么久之前的事情让我感觉很困,不过想想也是七十多年前的事情了。我还是原来那个人吗?有时候感觉好像所有的事情都发生在别人身上。"

加内特和西特伦娜踮着脚下了楼梯。

"我希望我也有个曾祖母,"加内特羡慕地说,"我只有一个祖母,而且她住在德鲁斯,所以我从没见过她。"

"我曾祖母人很好,"西特伦娜高兴地说,"她告诉了我很多故事。只不过她总是在睡觉。老人家经常这样,我一直想问为什么。等我长大了,我一定每天晚上都不睡觉,直到我死的那天。"

两个女孩子去了厨房找东西吃。他们发现蛋糕盒里有一个巧克力蛋糕,还有一些放在了一个陶罐里。关于西特伦娜家房子一点好处就是,厨房里总会在对的时间放着一块蛋糕。厨房里经常放着一碟醋糖果,还有饼干罐也一直是满着的。这也可能是豪塞尔家大多数人都很胖的原因。

加内特说了声"再见"又一次走到了室外,然后她发现雨停了,下午的阳光透过一层黄色的薄雾照了进来。每片叶子和花瓣上都挂着透明的雨珠,山谷树林里的鸽子们弱弱地发出了哀伤的低鸣声。加内特看着一条蛇像一条软软的绸带一样穿过了那片潮湿的蕨类植物;她还看着一条身上毛沾满露水的毛毛虫正在一朵花的花柄上爬着;还有一只背着壳的蜗牛爬出来享受着这潮湿的天气。

一旦遇上这样的天气,只有那些印第安人会在那里看到那条蛇,那只毛毛虫和蜗牛。穿着鹿皮鞋的他们慢慢地在草丛中移动着,接骨木花上雨滴簌拥着洒了一地。

看一个印第安人女孩穿着一条带流苏的鹿皮裙还是很好玩的。加内特看见草丛中有一根长长的、相当破的乌鸦羽

第二章 珊瑚手镯

毛,她捡起来插在了自己的头发里。然后她蹲下,想象着一个印度安人走路的样子,慢慢地踮着脚走路。

一声大笑吓到了她,然后她抬头看见依靠在牧场栅栏旁的杰。

"你弯着腰这样走路在干什么?还有你为什么在你头发里插着根破羽毛?"他问,"你这样就像一只胃痛的母鸡。"

加内特感觉自己很蠢,她拿走了头发上的那根羽毛,然后决定待会儿不给他那张明信片了。

然后她跑到她爸爸在的谷仓,然后递给了他那封看起来很重要的信。她想知道信里面写的什么,所以她靠着旁边的一只奶牛,看着她爸爸打开那封信。他很快地扯开了信封的封口,她看着她爸爸眼睛快速地浏览着信封上印的一行行字。然后他笑了。

"加内特,"他说,"我们再也不用担心这个旧谷仓会塌在我们头上了。我们要建一个新谷仓了。政府会借给我们一些钱!"

第三章　石灰炉

加内特打了个哈欠，盖上了最后一个火腿三明治的盒子，把它和其他东西裹在一块湿毛巾里。想起自己还要守一整夜根本没时间打瞌睡，她马上合上了嘴巴。她望着窗外，天空上燕子们高高地飞过，又预示着要到傍晚了，另外一边，她看见杰在牧场提着一桶桶牛奶。

加内特伸出她的双臂举过了头顶，一直举到她觉得她的肌肉都伸展开了。然后她把一个盖子有缺口的大玛瑙咖啡壶拿了下来。它能装很多咖啡，能让她父亲在烧炉的晚上一直保持清醒。

终于，石灰炉烧起来了，一直烧了三天三夜，以确保有

第三章 石灰炉

足够的石灰来建造一个令人满意的新谷仓,因为石灰是制作水泥、石膏还有白墙涂料的底料。这个石灰炉离一个茂密的森林有两英里远,石灰炉是一个大的锥形,背面靠着一座山。豪塞尔家里两个年龄最大的男孩子白天一直待在那里把木柴放进烈火里烧,晚上加内特的父亲和弗里伯蒂先生会来接替他们。每隔十或十五分钟就需要给火添一次木柴,不能间断,而且那些大木柴必须小心地推进去,以免震动炉里面搭起来的石灰岩结构。每天晚上加内特都求着被带着一起去,现在她父亲终于同意了。

她把大咖啡壶和其他东西一起放在桌面上,在她眼里,大咖啡壶就像率领着一支军队的将军一样。加内特也给大多数厨房的其他东西想好了角色。茶壶的壶盖像一只咧着嘴笑的猫咪,会发出咕噜咕噜的叫声。还有加内特经常觉得炉灶就像一位体形庞大、上了年纪的老妇人一样等着她犯错,如果有东西溢了出来,她就会蔑视地发出嗞嗞声。

她轻轻地哼唱着,觉得自己的声音听起来很陌生,整个屋子也很安静。她父亲在楼上睡觉,他从今天早上就一直在睡,从石灰炉回来的时候一脸疲惫的样子,浑身脏兮兮的。她母亲和弟弟唐纳德去河边附近呼吸新鲜空气了,哥哥杰则在牧场一直在挤牛奶,因为已经没有任何谷仓可以让奶牛们待了。

加内特从蛋糕盒里拿了一块苹果派,用蜡纸包了起来,心里想:"守一整夜一定很好玩。"她没打算睡一分钟,尽管她母亲坚持让她随身带上一些毛毯,以防万一。等到半夜她会把咖啡热起来,他们就可以一起野餐一顿了。

杰吹着口哨,走进了厨房。"我要去喂那些猪了。"他说,然后他提着盛满饲料的桶又推开了门。过了一会儿,加内特就听见一群猪发出了像女妖一样渴求又贪婪的嚎叫声。

加内特单独给提米准备了一小盘最好的饲料,她拿起小盘子然后飞奔到了猪圈。提米已经学聪明了,它会到栏杆一旁等着她,而不是跟它粗鲁的家人争抢食物。从加内特照料它以来,提米现在已经长成一只更好看的小猪了,每次见到加内特的时候它会发出欢快的哼哼声,加内特也希望提米很高兴见到她和它的晚餐。她看着它狼吞虎咽地吃着饲料,耳朵欢快地抖动着,吃到一半还伸着一只小短腿抓住了盘子。

"等冬天来了,我每天都给你喂鱼肝油吃,"她告诉它,"等来年夏天的时候,你肯定就能长成一只帅气的猪了。说不定你还能在集会上赢得一条丝带呢。"

提米背对着空盘子,躺在了一块凉快的水泥塘里,发出了一声满足的哼叫声,接着加内特回到了房子里。

在那个地方没看见那个破旧的、一边倒的谷仓她感觉

第三章 石灰炉

有点怪。上周她父亲、杰还有弗里伯蒂先生把那个旧谷仓给拆掉了,当时除了谷仓的框架外,什么东西都没有留下,她父亲用一根粗壮的绳子一端系在框架上所有柱子上,另一端连着拖拉机。然后他加大油门开着拖拉机,直到整个框架倒在地上,发出一声巨大的响声,扬起了一团黄色的尘土。

原先筑起旧谷仓红墙的地方,如今能直接看见穿过果园和牧场的河流了,现在放的是一堆堆的木材,还有从采石场运回来的石灰石。只要等石灰弄好了,他们就可以建新的谷仓了。

加内特瞄了一眼钟表,已经将近六点钟了,要开始做晚饭了。她往炉灶里添了更多的木柴,往那个胖水壶里加满了水。然后她拿着一个篮子去了花园,准备摘一些生菜和黄瓜。

频繁的雨天过后,花园里空气很清新,并且花开得很好。他们那块地里的西瓜就像在片片完全展开的叶子海洋里面的一只只绿色的小鲸鱼,山坡上的玉米就像一支挂满羽毛和横幅的游行部队。

加内特有时私下里认为开花的蔬菜和花园里的任何植物一样好看。秋葵有奶油色一样的花朵,中间有和蜀葵花一样暗红色的花蕊;茄子的顶部点缀着紫色的花朵;已经结果实的洋葱顶部上是带着花边的花球;还有每根瓜藤,有着和丛林一样特别鲜艳的颜色,每片展开的暗绿色叶子上面是一朵朵橘黄色的大花。

　　加内特跪着用刀割下生菜，然后笑着看着一只癞蛤蟆闷闷不乐地跳走了。她也摘了些黄瓜，然后走上山的时候看着她母亲和唐纳德从河边回来了。

　　唐纳德的太阳服因为坐在泥里变成了黑色。他肩上扛着一根小钓鱼竿，但是他手上没有鱼。

　　"这难怪，"他们的母亲说，"他一直忙着捞起鱼钩看看是否有东西上钩了，所以鱼儿们根本没时间咬住鱼钩。"

　　"下次我会带上一把枪然后把那些鱼都打死。"唐纳德暗暗地说，然后突然深吸了一口气，大喊着冲进了房子。

　　晚餐后，杰和加内特跟母亲说了再见，然后跟父亲一起坐上了那辆福特车，这辆车自杰是个婴儿的时候就一直在家里了，车很高、很窄，而且看起来很老了。坐在车上的感觉跟坐在国王的宝座上一样，像是坐在一个摩托船上面。一路上这辆车以每小时十五英里的车速跌跌撞撞地开着，车轮发出了轧轧声，听起来像已经以五十英里的速度在开车一样。

　　两个孩子跟父亲坐在前排，野餐的东西、毛毯还有外套放在后座。

　　山谷被笼罩在蓝色的黄昏下，农舍窗户里的油灯发出了干净的、白色的灯光。

第三章 石灰炉

夜晚的空气里混合了许许多多的味道,加内特像一只狗一样抬着头嗅着所有的味道。花园里烂掉的卷心菜味道太重了,路过的时候她一直憋着气;但是玉米地的味道很好闻,尤其到了晚上会有一股和白天不一样的味道。这味道闻起来一点也不像玉米,但是和教堂里的焚香一样有一点奇怪的、辣辣的味道。路旁水沟里长着的肥皂花在黄昏下看起来亮得发白,还散发着浓浓的芳香。

加内特感觉既刺激又开心。她从来没有在家以外的地方过过夜,尽管杰已经去过两次密尔沃基,还有一次芝加哥。

他们从高速上下来拐进了一条坑坑洼洼的土路。福特车晃来晃去的,后座上的咖啡壶的壶盖像小手鼓一样叮叮当当地一直响。路旁两侧都是树林,高高的叶子们挡住了最后一丝光亮。突然,天空变得很近、很黑。

不久,他们在树林中就看见石灰炉闪烁的火苗了。"太棒了!"父亲说,"火已经烧起来了,这会是我来这个地方的最后一晚。"

他们在路边一块空地上停下,然后下了车。弗里伯蒂先生的旧卡车和豪塞尔家较新的那一辆车都停在了附近。

豪塞尔家里的男孩子西塞罗和默尔跑过来跟他们碰头。他们满脸是灰,而且他们看起来很累。

"天啊,我们很高兴看到你们了。"西塞罗说。"这里一整天都很热,但是这次我们确实把这个石灰炉做得不错。"

他们坐进了自己家的卡车,然后道了声晚安。

加内特兴奋地盯着石灰炉。这个石灰炉很大,上面敞开着,紫白相间的火焰就像给这个炉子加了个皇冠一样,那道铁门被烧得火红,像是一只龙的眼睛闪闪发光。"看,加内特,"她父亲解释道。"等火焰烧到最热的时候,炉子里的石灰石会完全地被烧热,焚烧的火焰会从顶端那样冒出来。那时我们就可以说成功了。"

弗里伯蒂先生坐在一根木头上读着报纸。他个子很矮,平日是个很安静的人,但是他有一把吓人的大胡子,甚至他睡着的时候,仿佛它还一直醒着,一直盯着人。他的狗梅杰懒懒地趴在他的脚边打瞌睡,一边追着梦里的兔子一边身体不时地抽动着。

每隔十——十五分钟,两个大人就会用一根铅棒拉开那道金属门,一道咣当声打破了森林里的寂静。等一会儿弗里伯蒂先生和林登先生往火里添了几根大木柴后,你就可以看到一阵熊熊的火焰。

加内特很喜欢看到这个场景。她把毛毯铺在火堆一旁的一棵大樱桃树下。她把野餐的东西摆放好,把几个杯子挂在树丛的倒钩上,然后把几个土豆埋在从石灰炉里弄出

第三章 石灰炉

来的木灰里。

杰也很忙。他帮两个大人搬木柴,然后帮他们拉开那道烧得发红的铁门。

有时候,邻边农场里的人们看到森林里正在烧着的石灰炉,总会到这里看一看,聊一会天。亨瑞·琼斯,那个老石匠也来了。他已经在这个山谷里住了八十年了,但仍然记挂着那条挂着大船帆的船,帮他和他的家人从利物浦出发漂洋过海。他可能也还记得,他们坐着驴拉的马车一直到了他父亲曾经生活过的这片山谷。作为当时镇里最有名气的石匠,他的父亲把他的手艺传给了亨瑞。但是现在他已经很老了,他坐在一个树桩子上面半瞌睡着,一边还盯着石灰炉上面闪闪发光的王冠。

"我这辈子好像已经看过一千个这样的东西了。"他告诉加内特。

慢慢地,天色也变暗了,人们都离开了,只有他们四个人留下来了。如果你算上梅杰,那就是五个人了。

加内特坐在樱桃树下的毛毯上,看着杰和两个大人一直在给火添木柴。比起白天,火的亮光看起来更高了,火烧着的声音好像在森林里传得更远了。这里多安静啊!但等她细细地去听的时候,的确也没有这么安静。这里有十几种声音:猫头鹰的嚎叫声,树叶的沙沙声,还有远处沼泽的一只夜鹰不停地叫着,似乎它没办法停下来。森林的每一处,角落里,地底下,还有她周围的空气里,她一直能听到昆虫细小的喧闹声。但是所有的声音凑在一起好像创造了一种安静的感觉。

加内特心里想:"我就躺一分钟,但是我不会睡着的。"

在软软的树枝间她抬头望着星星。突然,其中一颗带着火光尾巴的星星划过了天空,她对着它许了个愿。尽管她闭着眼睛,但是她已经睡着了。

一阵很响的开门声吵醒了她。安静了一会儿,她坐起来揉了揉眼睛,听见几英里外布莱尔斯维尔法院的钟声响起来了。她数着钟声的次数,一共十二次,声音又清楚又响亮。她之前从来没有听见过晚上十二点的钟声!

她站了起来,把咖啡和水倒进了大咖啡壶里,然后顺着一条小路爬上了山坡,等到了石灰炉的炉顶,她把壶尽量放在她可以够到的离火焰一样近的地方。

她回来的时候,把土豆从灰烬里挖出来,它们都烤熟了,外皮都烤得黑黑的。

杰下巴上沾满了灰。"天啊,我饿了。"他说。

"我也是,"加内特赞同地说。"我从来没有在半夜吃过饭。"她觉得在这种时间食物应该有一种特别的味道。等

第三章 石灰炉

咖啡煮开了,她把咖啡壶放在一张纸上,旁边放着一些切得不规则的火腿三明治。没人说太多话。

他们只是坐在闪烁不定的火光旁,吃光了所有东西,连面包屑也没怎么剩下。

当加内特递给弗里伯蒂先生苹果派的时候,他假装快要晕倒了。

"还有吃的!"他咕哝道。"我一口也吃不下了。"但是他照样吃了两块。

之后,加内特又一次坐在了树下。树上的露水滴了下来,然后她给自己盖了条毛毯,毛毯闻起来不知道为什么有股微微焦掉的味道,还有点樟脑丸的味道。她父亲和弗里伯蒂先生用着大人的口吻在讨论比如政治和饲料价格的问题;杰,努力看起来没这么困,坐在火堆旁的一根木头上面在削一根棍子,假装在听他们的谈话。

突然梅杰嚎叫了一声。它一整晚都没发出任何声音,而且表现得非常好,只是对那些火腿三明治表现出了自然的生理反应。

但是它现在盯着黑压压的灌木丛,弓着身子,脖子上的毛发竖立着,然后一直在嚎叫。这声音真的很难听。

第四章　陌生人

"你看见什么了,梅杰?"弗里伯蒂先生问。"那是什么?一只臭鼬吗?"他们一起朝着梅杰死死盯着的那片阴影看去。

然后一阵树叶的沙沙声和树枝折断的声音突然响起。"这么晚什么人还会到这片黑乎乎的森林里呢?"加内特觉得全身都起了鸡皮疙瘩。有一分钟她希望自己还在家里,安全地待在自己的床上。

梅杰突然发出一声挑衅的、吓人的嚎叫声,它向前跑了过去,这时灌木丛中有个人出现了,弗里伯蒂先生顿时跳了起来。

第四章 陌生人

加内特快速的心跳慢慢地恢复了正常。原来只是一个男孩子，比杰肯定年龄要小，所以没人需要害怕。

"安静点，梅杰，"弗里伯蒂先生说，"你从哪里来的，孩子？"他向那个新来的人问道。

这个男孩肯定有什么问题。他走路一瘸一拐的，然后突然身子向前倾，差点跌倒在地上。

"不好意思。"他说。然后他抬头看着身边惊讶的人们，咧着嘴笑。

"我闻到咖啡的味道了。我肯定只有一英里远。所以我闻着味道然后找到了这里。天啊，然后等我看到你们的炉子，我以为整片树林都起火了。"他紧张地舔了舔自己的嘴唇。"你们觉得，呃，是否可以，我的意思是请让我喝一点咖啡呢？"

加内特不知道那个男孩喝过咖啡，但是她跑过去给他拿了一点。

"孩子，你多久没吃饭了？"她听见弗里伯蒂先生问。

然后她听见他答道："前天。"

"我的天！"杰从她身旁惊叫道。"两天了！给他些派吃。还有剩下的三明治吗？"

"如果你好好想想，你自己就吃了四块，"加内特提醒他。"还有梅杰吃掉了面包屑，但他可以吃些土豆，还有一块苹果派。"

杰摇摇头。"天哪！整整两天什么东西都没吃！"他不能想象这样的事情，因为他每天也要花上比一般人要少一半的时间来想一日三餐。

这个男孩把给他的所有食物都吃完了，迫不及待地灌完了一杯浓浓的黑咖啡。等他喝完了，他又笑了起来。"我猜我现在可以活过来了。"

加内特的父亲开始问他问题。"你多大了？"他问。

"十三岁，"那个男孩说，"但如果我想，我也会假装自己十五岁。"

"晚上这个时间点你在树林里做什么？"她父亲问。

"对了，还有你是从哪里来的？我从来没见过你。"弗里伯蒂先生严肃地说道。

"我是搭顺风车的人，"这个男孩说，"这个下午我没搭上任何车，只有一辆拉干草垛的马车。我因为太饿有点头晕，我猜干草垛又软又蓬松所以我睡着了，等我中途醒了发现马车在某处偏僻的地方停下了。拉车的人到谷仓解开了缰绳，然后完全把我忘记了。那个时候已经是晚上了，我敲了敲那个人的房门，把他吵醒了，他看起来有点恼火，所以我没问他要任何吃的。他告诉我从树林里穿过去，我就能回到高速路上面了。我觉得我可以搭上一个货车，晚上这样的货车很多。但是我迷路了,然后我闻到了咖啡的味道,我能想到的就是去这个味道传来的地方。"

"再喝点咖啡吧。"加内特说。

"不了,谢谢。"这个男孩说。"我应该出发了,我想要搭上一辆货车。多谢你们的食物。"他站了起来。

"等一下,"加内特的父亲说,"我觉得你或许最好先多告诉我们一点关于你的事情。说不定我们能帮你。"男孩的脸上一道阴影一闪而过。可以看出来他并不想讲他自己的事情,但是他又坐了下来。

"你叫什么名字?"弗里伯蒂先生问。

"埃里克·斯旺斯特罗姆。"男孩答道,然后牢牢地抿着嘴巴。

"你家人在哪里?"弗里伯蒂又问了一句。

"没有家人,"埃里克说,"要不就是我不知道他们在哪儿。"他抬着头看了一眼。"我是一个人,而且这样子我已经习惯了。我不希望让别人觉得他们需要特别关心我,而且我也不想去孤儿院。我已经照顾自己一年了,我不觉得我以后的日子不可以这样过下去。我喜欢这样。"

"好,好,"弗里伯蒂先生说。"但是我们有权跟一个半夜从树林中蹿出来的不认识的男孩子要点信息,毕竟他吃了我们所有的苹果派。"

埃里克叹了口气，不情愿地开始讲起他的故事。

"我们一家人来自瑞典，"他说，"我母亲在我一岁的时候去世了，之后我父亲就一个人照顾我长大。他在明尼苏达州买下了一个小农场。那里很好，我还记得那里有很多大树和其他的东西。那里有一条小溪，我们家里养了三头奶牛和一些山羊，日子过得还不错。直到有一天我父亲摔倒在一根干草铁叉上面，他的手受了伤。之后他得了败血症，因为身体太虚弱，他没办法走五英里去镇上看医生。当时我只是一个四岁的孩子，所以我也没有办法。我们家里也没有电话。最后我父亲把我送到最近的农场里，那里的人们去把医生请了过来。但当时已经太晚了，我父亲失去了他的一条手臂。之后他干不了任何农活，然后把农场卖了，我们搬去了纽约。他觉得一个残疾人在那里会有更多的机会。他租下了一个卖报纸的摊位，是跟盒子差不多的小棚子，只有一边可以进去，里面有一个类似书架的地方，最前排可以放报纸，还放着一些巧克力棒的盒子和一些类似口香糖的东西。我们也会卖杂志，我父亲经常想要一个更大一点的地方，夏天的时候可以卖姜汁汽水和可乐。我大一点的时候经常会去那里帮忙。里面只能容下我们两个人，我父亲坐的板凳，还有冬天一个油炉。以前冬天特别冷，我们的摊子离一个地铁入口比较近，晚上的时候有很多人会下班回家

第四章 陌生人

路过,我就站在前面尽力大声喊:'晚报!来这里买你的晚报!'一天晚上,一个穿大衣的男人站住然后问了我几岁,我告诉他我七岁,然后他说我必须去上学。所以之后我每天都去公立学校上学,但是周六的时候还有整个夏天我会去帮我父亲的忙,周日的下午我们会收摊去公园或动物园,或者去划船。我们当时那段时间很开心,但是一年前,我父亲生病然后去世了。"

杰和弗里伯蒂先生起身往石灰炉里放了更多的木柴,但是那个男孩子似乎不想停下来,继续跟加内特和她父亲讲他的故事。他很瘦,太瘦了,两只耳朵在身后的火光衬托下就像两块粉红色的贝壳。

"我们住的房子里的房东女士对我们非常好,她告诉我可以在这里再待一段时间,但是我知道我父亲有个叫纳尔逊的表弟住在俄勒冈州。他之前在明尼苏达州的时候跟我们一起住过一段时间,我父亲一直很喜欢他。我觉得或许我可以待在他那里,在他农场里工作,所以我给他写了一封信。房东女士卡迪夫人希望我能够等他的回信,但是那个报纸摊被卖掉的时候我只想越快离开这个城市越好。所以我大部分的钱都用来付账单了,没有多少剩下的。卡迪夫人给了我路上足够的公交车钱。"

"不过我没怎么坐过巴士。我把钱存起来买食物和搭顺风车用。晚上的时候,我会睡在干草垛上,或者旧谷仓,如果下雨的话,我会在路边一个空的排水管里过夜。我花了三个星期的时间到了俄勒冈州,等我到我表叔住的地方斯拉尼维尔时,邮局那里的人告诉我几个月前他已经卖掉了农场并且搬了家。他们不知道他去了哪里,没有人知道。我问了所有认识他的人。"

加内特坐着,下巴顶着膝盖,看着埃里克听他说话。她试图想象雨天睡在一个排水管里,旁边还有雨滴落下来的声音,潮气从两边钻进来。她想知道在这个世界上跟他一样,一个人是什么感觉,没有父亲或母亲或兄弟姐妹。也没有房子,没有床,一半时间没食物,害怕的时候没有可以依靠的人,表现不乖的时候没有被骂。这很难想象。

"那你之后干什么了?"她问。

"哦,那时候还是夏天。"埃里克说。"那里的一个人雇我去罐头工厂摘苹果。而且那时天气还很暖,我总能在大农场里找到比如摘东西的活。我赚的钱足够我吃饭,保证有鞋穿,有工装裤穿。等攒了一些额外的钱,我又开始搭顺风车,顺便找份新工作。等有人问起,我就告诉他们我要去找在纽约的家人,我说的至少有一部分是真的。如果我回东部工作的话,状况会更好一点,而且如果我有困难,我还可以回去找卡迪夫人,她会帮我的忙的。但不到不得已,

第四章 陌生人

我不想这样做。如果他们继续问问题,我一般会偷偷溜走去别处。我那时候不希望别人干涉我,现在也一样。"他皱着眉。

"放轻松,孩子,"弗里伯蒂先生又坐下说,"没人要干涉你。他们自己就有够多的麻烦了。"

"好吧,"埃里克抱歉地说,"所以,不管怎样,我猜,我几乎已经把所有的东西摘过一遍了:俄勒冈州的苹果、犹他州和科罗拉多州大农田里的莓果、瓜还有甜菜,还有之后夏天在各地果园里面摘的苹果、梨和桃子。秋天的时候我在堪萨斯州和密苏里州剥玉米。有些人是很好的雇主,有些人跟垃圾一样肮脏,几乎没给任何钱,甚至对饮用水也很小气。我见过各种各样的大人和小孩子,其中有些人跟我一样活着。我会跟他们打架,有些时候也会跟他们交朋友,我有好过一点的时候,也有差一点的时候,但我没有挨饿,虽然有些时候会,比如今天晚上,我差点又挨饿了。"

"冬天的日子会更苦。我基本上待在镇子上,在午餐车或者餐馆做洗碗的工作。我打碎一个盘子的话,就要赔钱,所以我没一会儿就上手了,但是我今后都不想看到炒鸡蛋了。有一次我给一个修路的工队搬运沙子和水,还有一次在汽车修理厂打零工。我在那里学会了开车,所以我对车子懂得也比较多。"

"在堪萨斯城的时候,我给我自己弄了一个鞋盒,然后刷一次鞋十美分,但是那里的一个警察问了我好多问题,我开始害怕了。我在那里看到有些孩子在附近跟我一样乞讨,他们告诉我,如果我够聪明的话我可以搭长途的货运车,所以我拿着一些巧克力和橙子,把鞋盒卖给了一个人,然后晚上去了火车站。那里有一辆货运车停在铁轨上,有一个车厢的门是打开的,我爬了进去,藏在一个大木箱后面。过了很长时间,至少有几个小时,有人关上了门,然后火车开始动了。我从来不知道我在上面待了多久,因为那里一片漆黑,我睡了很长时间。我有足够的吃的,但是我特别渴。"

"最后,一天晚上我醒来了,我想知道为什么周围那么安静。然后我知道是火车停了,门又开了,月光照了进来。我知道这是我偷偷溜出去的机会,我以为这个时候已经到东部的某个地方了。等我离门口一英寸的时候,外面有两个人在站台上说话。我觉得他们可能永远都不会离开了,一个人告诉另一个人他已经牙痛了一周,另一个人告诉他应该把那颗牙齿给拔了,但是第一个人说不,他宁愿继续痛下去。天啊,我以为他们永远都不会走了。但是他们过了一会儿就走了,然后我逃走了。我觉得自己动作僵硬地像个老人,等我觉得差不多安全的时候,我看到周围第一个地方就是月光下被雪覆盖闪闪发亮的山了。你们猜我当时在哪里?"埃里

第四章 陌生人

克抬头,大笑了起来,"在科罗拉多州。我又回来了,我感觉自己特别傻。"

"然后怎么样了?"杰问。他的眼睛里闪烁着兴奋的表情。加内特可以看得出杰嫉妒这个男孩的独立生活还有冒险。但是她不羡慕,如果一定要说,那就是他的勇气和创新精神。

"之后一段时间我过得不是很好,"埃里克说,又皱着眉头,"我不喜欢想起或讨论那段时间。但是我也过来了,我经常这样!"

时间很晚了。明亮的火光和巨大的阴影给这个地方带来了一种奇怪的氛围。那一刻你感觉一切都是有可能的。

"这样,"加内特的父亲突然说,"你看起来像是个有头脑的人。也许我可以让你在我农场工作一段时间。我在建一个新谷仓,尽管杰是个不错的帮手,但是我想如果我让两个男生而不是一个人工作的话,我觉得能更快地完成。你要尝试一下吗?"

埃里克脸上有了起色。"我觉得这不错,"他答道,"我会像一头牛一样努力工作的,我发誓。"

"我会给你付一定的钱,"加内特的父亲说,"而且你也会有地方睡觉和吃饭。"

"又来一个男生,真是太棒了。"杰说。

"三个兄弟。"加内特心想。她会喜欢那样吗?她相信自己会,但是不确定。不过,能够在树林里这样遇到一个陌生人然后把他接到家里,她觉得还是很激动的。

她现在觉得很累了,不管大人和男生们继续说话,自己偷偷回到了樱桃树下,躲进了毛毯里。她头顶上,夜里的天空看起来既广阔又黑,周围的声音也渐渐安静了。这是世界上最安静的一个小时,仿佛所有的东西都静静地屏住呼吸,等待白天的开始。

等她醒来的时候,到处都是很湿的露水。太阳第一缕红色的光线照到了湿润的大地,反射出了一千种彩虹似的颜色。石灰炉里的火现在似乎变弱了,跟白天的光相比更暗了。杰和埃里克躺在旁边熟睡着,而她父亲和弗里伯蒂先生则在树下偷闲休息了一会儿。弗里伯蒂先生的呼噜声又重又响。梅杰是唯一醒着的,它发现了一种新的香味,边晃着耳朵,边闻着味道穿过草丛。

"梅杰!"加内特低声地喊道。然后它摇着尾巴朝她走了过来,把整个身子和冰凉的鼻子放在了她的手上。它的整个身体都被露水湿透了。

她站了起来,然后把新鲜的咖啡倒进了壶里,然后又爬上了那条到炉顶端的小路。回来的路上她停下来低头好奇

第四章 陌生人

地看着埃里克。她觉得让他跟他们住一段时间可能是件好事。他薄薄的上嘴唇和直挺挺的鼻子让他甚至在睡觉的时候都看起来很固执，很独立，她也知道他合上的眼睑下是一双清澈的、有想法的眼睛。是的，那是个好看的脸蛋，但是太瘦了。他整个人都太瘦了，他的锁骨太凸出了，就像一个衣服架子一样，短短的袖子露出来的是细细的手腕。

她的眼神把他弄醒了，眼皮突然睁开了，他的脸又鲜活了起来。他的眉毛困惑地拧在了一起。

加内特笑了。"我不危险。"她解释道。"别那么多疑。我是加内特·林登，你会跟我们一起回家，然后你可以想待多久就待多久。记住了吗？"

"天啊，有一瞬间我以为这是个梦。"埃里克松了口气。

弗里伯蒂先生打了个震天响的呼噜后自己醒了，然后带着愧疚感站了起来。

"我差点睡着了。"他说道。

加内特和埃里克互相看了看。他们嘴角抽了一下，然后因为努力憋笑呛到了自己。多亏了某人，他们偷偷分享了一个玩笑，立马觉得他们俩已经是朋友了。

七点钟的时候他们听见了一英里外豪塞尔家的开货车的声音。默尔和西塞罗用充满活力的、五音不全的嗓音唱着歌,还自以为唱得不错。

"他们没人能成为一个歌手。"弗里伯蒂先生说道。随着歌声越来越近,也越来越难听了。

杰和埃里克在回家的路上坐在后座,加内特和她父亲坐在前排。两边到处都是绿油油的田地。穿过山谷很远的地方,从茂密的树林里还能看到一缕灰色的烟,那里的石灰炉还在烧着。"这是怎样的一个晚上啊!我一定不会忘记的!"加内特告诉自己。

福特车艰难地爬上他们家的山坡,然后晃晃悠悠地开到了门前的斜坡上,停了车。

加内特的母亲走出来看着她满身是灰的家人。她看起来很精神,脸色也不错。她旁边的唐纳德安静地站在一旁,干干净净的,因为他十分钟前才刚刚起床。

加内特母亲大笑着。

"你们看起来就像炭炉和烟囱的清洁工。"她喊道。然后她看到了埃里克。"这是谁?"

加内特把埃里克推到了前面。他有着两块像翅膀一样的肩胛骨。

"这是我们家的新成员,"她说,"他的名字叫埃里克,然后他是在半夜出现的。"

林登夫人已经是三个孩子的母亲了,再也没什么事情能

第四章 陌生人

让她觉得吃惊了。

"进来吧,"她说,"早餐这里有一些薄饼。吃饭的时候,我会了解你的一切的。"加内特进去洗了脸和手。

"我有一位好妈妈,"她自己心想,"我有一个美好的家。"

知道她和家人他们是相互依赖的让她感觉既安全又温暖。她一点也不羡慕埃里克,一点也没有。

水池上雾蒙蒙的镜子里面她的脸把她吓了一跳。因为满是灰尘,脸上黑黑的,然后脸颊上她手碰过的地方有四道黑色的手指印。

空气里尽是烤薄饼好闻的味道。加内特往脸和脖子上一遍又一遍地泼水,一遍遍地用肥皂擦洗。她闭着眼睛,然后够到了毛巾。她迫不及待要回到她家人身边,还有等待她的薄饼。

第五章　被锁住

　　日子一天天地过去,这里好像没有埃里克不能做的事情。他用锤子和锯子很是得心应手。他可以给奶牛挤牛奶,可以拉车或者开拖拉机,他知道花园、做奶油的分离器还有马具的所有东西,而且他经常可以预测第二天的天气。他帮着亨利·琼斯老人凿大块的石灰岩,当作新谷仓的基底。除了这些,他还可以倒着走,翻跟头,跟鱼一样会游泳,还知道七种不同的潜水的方式。他可以讲关于远方的故事,还有他见过的人和冒过的险。他甚至吃得比杰都多。他是一个非常好的人。

　　他们都喜欢他,但是过了一段时间加内特开始觉得有

第五章 被锁住

些孤单。杰经常想和埃里克待在一起，再也不跟她一起玩了。两个男孩子白天一直一起工作，晚上会一起去河里游泳或者去桥上钓鱼。当加内特也想一起去的时候，杰经常阻止她说："你最好不要来。埃里克和我有话要说。"

她现在经常跟西特伦娜一起玩了。埃里克帮她们在牧场一棵大橡树的树枝上造了一个树屋。他还给她们搭了个梯子让她们可以爬到距离地面六米高的第一根树枝上。中间给她们搭了一个有栏杆的台子，然后在伸出来的大树枝上铺上木板条，用枯树枝当作屋顶。那里刚好够两个女孩子待着，她们经常会在上面待上好几个小时，风会让她们感觉有点晃，她们头顶上能听到八哥的啾啾声和穿梭在树叶间的口哨声。刚开始的时候还是非常好玩的，但是等她们完工的时候，然后冒着摔断脖子的风险拖上来一把旧椅子，连着一周在上面一起吃午餐，这种新鲜感渐渐地耗光了。

八月初一个阴沉沉的下午，她们正坐在那里，加内特在她脑子里想着可以做的新点子说："我们来讲故事吧。你先讲一个，西特伦娜，因为是我想出来的。"

那是一段很无聊的日子，没有任何有趣的事情发生，一切都出了差错。那些日子你总会踢到自己的脚趾，丢东西，还会忘记你母亲让你去商店买什么。加内特总是忍住打那些大哈欠，希望能够发生点什么事情，一场地震，或者一只从马戏团逃跑的土狼。什么事情都可以。

"快点，西特伦娜，讲个故事吧，"她催道，然后躺在地板上，舒服地用腿抵着树桩。

西特伦娜叹了口气，开始讲起了故事。"好吧，"她说，"从前这里有一个美丽的十六岁少女。她的名字是梅布尔，而且她很有钱，有钱到她有一个装满了金子的地窖。她一个人住在一个山顶上的大砖块房子里，但至少她还雇了一个女人和一个男人，但是她没有任何的家人。"

"她家人们在哪里呢？"加内特问。

"他们死了。"西特伦娜回答，"好吧，除了那些金子外，她还有许多项链，用玛瑙、钻石和蓝宝石做的手镯，她每天都会穿带着白色斑点的裙子。她还有一辆车只能塞下她一个人。对了，她有一只会说话的狗。"

"继续说！"加内特起哄，"我从来没听过一只狗能够说话。"

"这只狗可以。它是一只法国贵宾犬所以它会说法语。"

"什么是法国贵宾犬啊？"加内特疑惑地问。

"哦，就是法国的一种狗，"西特伦娜用模糊的手势边比划边说，"别插话了，要不然我就没法继续了。哦，梅布尔还有一个游泳池，一个黄金的钢琴，猜猜她还有什么！她有一个房间放着一个冷饮柜,柜子上面有各种各样的汽水龙头开关:有草莓口味的,香草口味的,巧克力口味的,菠萝味的还有枫糖浆味的。说起这个我就饿了。"

"我也是,"加内特赞同地说,"哦,继续,她发生什么事情了?"

"有一天她开着她那辆小汽车出去。她在一条很荒凉的路上开了很久,两边全都是树。天色开始变黑了,她正要掉头回家,看见了路边一个穿着破布贫穷的老人。他看起来心情很不好,感觉很累,胡子也没修理过。她停了车对他说:'老人家,出什么事了吗?'然后他说:'我走了很长的一段路,我很饿,我想吃点东西。'然后梅布尔说:'那坐我的车,我带你去我家。'他照着做了。"

"但是你说这个车只能坐下一个人。"加内特反问道。

"好吧,没事儿,他坐在踏脚板那里。等他们到她家里,她把他带到了冷饮柜前,让他吃了一个枫树糖浆坚果圣代、一个巧克力软糖圣代和一个草莓冰激凌汽水。吃完之后他感觉好多了,然后他说:'看着我,梅布尔。'然后她看着他,突然他变成了一个很帅的年轻人。'天啊!'梅布尔说。然后他告诉她,他之前是一个富有的王子,但是一个巫师把他变成了一个老人,在没有人帮助他之前他不得不一直保持这个样子。之后他让梅布尔嫁给他,她说她愿意,然后他们幸福地生活在了一起。"

"然后呢?"加内特问。

"这就是全部了,"西特伦娜说,"他们之后幸福地生活在一起了。"

加内特叹了口气。"你总是讲一些人们长大然后坠入爱河的故事。我喜欢小孩子、野生动物和冒险家的故事。"她突然坐了起来。"我知道了。我们一起去镇上的图书馆读书吧。现在还早,虽然这个天像要下雨。"

西特伦娜反驳了一两分钟,因为她不想就为了看一本书走这么远。但是加内特确信她们能够搭上某人的车,马上就说服她一起去了。

她们走到门外的时候,运气就来了,她们看到弗里伯蒂先生的货车正朝着她们这条路开来。她们挥了挥手,然后弗里伯蒂先生停下车,打开车门让她们上了车。他正要去镇上买饲料。

"我们更愿意坐在外面,如果你不介意的话。"加内特说着,然后两个女孩爬到了货车的后面,然后靠着驾驶座那边的车顶一直站着。

这样搭车很好玩,因为等弗里伯蒂先生一到高速路上,他就会开得很快,吹过来的风很强,把加内特的辫子吹到了后面,西特伦娜的刘海像一道篱笆不停地竖起来。她

第五章 被锁住

们感觉自己的鼻子都被打在脸上的风吹平了,等她们开始说话的时候风又从她们身边飞走了。

"我觉得自己像放在船头的一个东西,"加内特喊道,"一个船头雕像,我觉得是这样叫的。"

西特伦娜从来没听过船头雕像,但这又很难解释,因为你必须喊出来,风一直在咆哮,弗里伯蒂先生的货车又很吵。还有,如果你把嘴巴张大,一些懒得飞的甲壳虫就会被吞进去。

她们看着货车就像不断缩回去的卷尺一样行驶在这条平坦的路,阴沉沉的布莱尔斯维尔小镇朝她们飞奔而来。那里还跟之前一样,法院大楼和它镀金的圆顶、加油站、外面刷了红漆的仓库,还有埃尔森夫人的黄色房子,晾衣绳上挂着的都是她和埃尔森先生的大码衣服,因为他们都超级胖。这里医生的女儿奥珀尔·克莱德在她房子前面拍球,还有这里小格茨在一辆小货车上牵着他的狗。加内特和西特伦娜经过的时候使劲挥了挥她们的手。弗里伯蒂先生开车经过农场协会门口的时候,货车重重地咳嗽了一两声,然后车停了下来。女孩们跳下了车。

"你们两个小女孩怎么回家呢?"弗里伯蒂先生问。

"哦,我们可能走回去,"加内特答道,"或者搭某人的车。"西特伦娜期望地加了一句。

她们向他道了谢，然后走到了主道上，经过了铁匠铺、杂货铺和邮局。邮局窗口有一个公告写着"下周日年度大中空女士野餐会！大家一起来！"加内特看着公告咯咯地笑着，想着一群穿着裙子的女人像大气球一样地坐在树下吃三明治的画面。当然她清楚大中空女士只是一些住在大中空地方的女士而已，但是听起来一样很好笑。她们向前走去，经过了摆满了草帽和工装服的衣服店和鞋店，还有一个甜食店，里面有一台自动钢琴，跟在锅炉厂里一台旧手风琴一样一直会发出噪声。

最后她们到了小镇的郊区，走到了图书馆这里，它就在那片远离路边的茂密枫树林里，是一幢老式框架搭的房子。

加内特喜欢这个图书馆，里面旧书的味道很好闻，而且有各种各样她从没读过的故事。那个图书管理员彭特兰小姐是一位友好微胖的女士，她坐在门对面的一张巨大的桌子后面。

"下午好，西特伦娜，"她笑着说，"下午好，鲁比。"

彭特兰小姐经常把加内特的名字错叫成鲁比。布莱尔斯维尔有太多小女孩的名字跟宝石有关了，这非常让人困惑。这里有鲁比·施瓦尔茨，鲁比·哈维，还有鲁比伊·斯莫利，珀尔·奥里森和珀尔·舍恩伯克，贝丽尔·舒尔茨和小奥

第五章 被锁住

珀尔·克莱德(译者注:由于一词多义现象,这里部分英文人名和宝石的英文相同)。

加内特和西特伦娜在书架间摸索着,每个人都知道自己想要的书,然后她们在两个高高的书箱之间靠大玻璃窗的座位坐了下来,书箱里还放着好像五十年都没人打开过的又大又旧的书。

加内特选了《奇幻森林》,西特伦娜则满足地叹了口气,开始读一个精彩的故事书。它叫《奥尔加公爵夫人》或者《蓝宝石印章》。

许多时候人们来来往往,图书馆的纱门开开合合,发出了沉闷的声音。进来的有其他的孩子和大人,还有找针织书的老妇人,男孩子们则想要读关于联邦特工的故事。过了一会儿,雨滴打在了两个女孩旁边的窗户上,但是她们几乎没听见。加内特已经在几千英里外和一只叫科蒂克的白色海豹待在一起,它正在宽广的大海里游泳,想要给它的家人找一个安全的小岛。另一边,西特伦娜则待在一个被一百个吊灯照亮的舞厅里面,里面挤满了穿着全套晚礼服美丽的女士们和绅士们。

加内特看完了《白色的海豹》这一章,然后接着开始读《大象们的图米》这一章。一次她抬起头,伸了个腰。"我的天,好安静,"她小声说,"我想知道是不是晚了。"

"哦，我们没待多长时间。"西特伦娜不耐烦地说。她已经读到这本书最精彩的部分了，奥尔加公爵夫人被吊在一根绳子上面，面对着悬崖。但麻烦的是抓住绳子的男人并不喜欢奥尔加公爵夫人，打算让她随时掉落悬崖。西特伦娜认为最后一切都会没事的，但是她不确定。

等加内特又读了一遍《瑞奇-帝奇-塔维》，奥尔加公爵夫人也已经被拯救了，安全地回到了舞厅，天色开始变暗了。

"'潜伏'这个词什么意思？"西特伦娜问，但是加内特不知道。

"我的天，这里有点安静，"她继续说，"我去问问彭特兰小姐现在几点了。"然后她在书箱后面消失了。

"加内特！"她下一秒大声喊道，"彭特兰小姐走了！每个人都走了！"

加内特从窗边的座位上跳起来。这是真的，没有人在这里。她们跑到了门口，但是门被牢牢地锁起来了。后门也被锁了，厚厚的玻璃窗已经好几年没打开过了，它们牢牢地跟窗户缝贴着，好像被水泥封住了一样。没办法把它们推开。

"再见！"西特伦娜抱怨道，"我们被锁住了！"她快哭出来了。

但是加内特感觉很兴奋。

"西特伦娜，"她严肃地说，"这是一场冒险。书里面的

第五章 被锁住

人们也遇到过这种事情,我们可以告诉我们的孩子和孙子们这个故事。希望我们能整晚待在这里!"

"哦,天啊。"西特伦娜抽泣着。她真心希望自己没有读过《奥尔加公爵夫人》,这太吓人了。她简直什么勇气都不剩了。如果她要是能够选一本关于寄宿学校的女孩子或者其他平和一点的好书,她就不会像现在这么害怕了。突然,她有了一个特别糟糕的想法,然后她停下了哭声。

"加内特!"她喊道,"你知道今天是什么日子吗?周六!这意味着我们要在这里待到后天。我们会饿死的!"

加内特顿时没了兴奋的感觉。要在这里待这么久肯定会很糟糕。

"我们一起敲窗户吧!"她建议,"可能会有人来。"

她们敲着玻璃,大声地喊着。但是图书馆离街道还有一定的距离,而且枫树林又隔断了她们发出的声音。布莱尔斯维尔的人们在安静地吃着他们的晚饭,什么都没听见。

慢慢地,落日照进了屋子里,那些书箱看起来又高又严肃,墙上挂着的画也看起来很严肃:一幅是拿破仑在厄尔巴岛的钢板雕刻画,一幅是华盛顿穿过特拉华州的画。

图书馆里没有电话,也没有电灯。这里倒是有煤炉,但是加内特和西特伦娜找不到任何火柴。她们在彭特兰小姐的桌子上翻找,但都是一些没用的东西,比如借书卡、橡皮印章、橡皮筋,还有一小圈绳子。

西特伦娜一眼看到了文件格里的一个巧克力棒。

"无论如何,我们不会马上饿死,"她说着,看起来精神了一点,"我不觉得彭特兰小姐会介意我们吃掉它,对吧?"

"我们可以出去的时候给她再买一个。"加内特说,所以她们各分了一半,在最靠近街道的窗户旁站着,伤心地慢慢吃着巧克力棒。

黄昏更暗了。

"那是谁!"加内特突然大喊。她们看到一个昏暗的小影子慢慢地走在通往图书馆的那条水泥路上。那个人似乎弯着腰。

西特伦娜变得开心地重重敲着门。"那是奥珀尔·克莱德,在拍她的球。"她说。"喊啊,加内特。边喊边敲。"

她们两个人都大喊着,敲着门,然后奥珀尔害怕地看一眼黑色的那道窗户之后,快速地就朝着小路跑开了,没走进去看是什么发出的噪声。

"你觉得她会告诉其他人吗?"西特伦娜紧张地问。

"哦,她觉得那是个鬼,"加内特讨厌地说道,"即使她说了,可能也没人会相信她。"

她们满怀希望地看着外面。突然所有布莱尔斯维尔街

第五章 被锁住

上的路灯亮了起来，但是只有一盏微弱的路灯在枫树林里亮着。这两个女孩听见车子开过的声音，还有孩子们在后院玩耍的声音。她们敲着窗，大喊着，直到她们嗓子也哑了，关节也疼了，但是没有人来。

过了一会儿，她们觉得自己是白费力气，就放弃了，回到了窗户的座位上。

屋子里现在很黑了，很陌生，四处都是影子。整个屋子好像从黄昏开始醒了过来，好像它在呼吸，苏醒过来，等待着。这里有细小的吱吱声和沙沙声，还有老鼠轻快的跑步声。

"我不喜欢这样，"西特伦娜轻声说，"我一点儿也不喜欢这样，我自己声音会吓到我自己。我不敢大声说话。"

"我也不敢，"加内特低声说，"我觉得所有的这些书好像都活起来了，在听我们说话。"

"我想知道为什么我们家人没来找我们。"西特伦娜说。

"他们不知道我们在哪里，这就是为什么！"加内特回答道，"他们甚至都不知道我们来小镇了，而且我们也没告诉弗里伯蒂先生我们要去图书馆。""我希望我从来没学过怎么读书，"西特伦娜叹气道，"我希望我是某种动物，都不用受教育。"

"当一只美洲豹可能很好玩，"加内特赞成道，"或者一只袋鼠,一只猴子。"

"甚至一只猪,"西特伦娜说,"一只和它家人待在它自己的圈子里的安全又开心的猪!"

"一只从来没见过图书馆的,甚至不能拼写'猪肉'这个词的猪。"加内特补充说,然后她咯咯地笑了。西特伦娜也咯咯地笑了,她们都感觉好多了。

晚上外面的风穿梭在树与树之间,然后一棵枫树上一根细细的树枝刮着外面的窗户玻璃,但是里面是安静的,除了一些神秘的小声音,那种一到晚上所有老房子里都能听到的声音。

加内特和西特伦娜抱在一起,低声说着话。她们听到法院的钟声敲了第八次,第九次,但是等到第十次的时候她们都睡着了。

快到半夜的时候,她们被一阵巨大的敲门声和叫喊声给吵醒了。

"谁?那是什么?我在哪里?"西特伦娜紧张地抖了一下,加内特心脏扑通扑通地跳着,说:"在图书馆,还记得吗?有个人在门口。"

她在黑暗中向前跑,手脚并用地贴着不熟悉的地面往前爬。

"谁在那里?"她喊道。

第五章 被锁住

"是你吗,加内特?谢天谢地,我们终于找到你了!"这个声音肯定是弗里伯蒂先生在说话。"西特伦娜和你在一起吗?太好了!你们的爸爸在镇上到处找你们呢。开门!"

"但是我们被锁上了,弗里伯蒂先生,"加内特喊道,"彭特兰小姐有钥匙。""我去拿,我去拿,"弗里伯蒂先生激动地喊道,"你们在这儿等着。""我们除了等着什么也不能做。"西特伦娜生气地说。她刚醒来的时候总是很火大。过了一会儿,她们听见门前路上快速的脚步声和说话声,还有悦耳的开锁声。彭特兰小姐帽子戴在一边,跑过来拥抱了她们。"你们两个可怜的小家伙儿!这种事情之前从来没发生过,我总是确保每个人都走了才锁门的。我不明白怎么会忘记了你们两个。"

"没事儿的,彭特兰小姐,"加内特说,"这是一次冒险,而且我们吃了你的巧克力。"

加内特的父亲、弗里伯蒂先生和豪塞尔先生也进来了,一起叫喊着。

"你们两个都确定没事儿吗?"豪塞尔先生紧张地问,几十年来他胖胖的脸上第一次看起来惨白的样子。

"我们没事儿,爸爸。"西特伦娜说,"但是我们都很饿。"

"我去打电话告诉家里的人，"弗里伯蒂先生主动说，"这样他们就不用再担心了。你们最好带着女孩儿们先去午餐车吃点东西。现在只有那里开门了。"

午餐车就在铁轨的旁边，加内特和西特伦娜之前都没到过这里。那里满眼是明亮的黄色灯光，香烟的烟味，还有浓浓的食物味道。这么晚能去这个地方吃煎蛋三明治和苹果派，还能告诉每个人发生在她们身上的故事，这种感觉真棒。

"是的，先生。"弗里伯蒂先生走进门说，"你可别被骗了！那些可不是你见过故意这样安排的两个小女孩，她们是真正的书虫，读书久到停不下来回家。她们打算从现在开始在图书馆一直住下去了，是不是你们？"

每个人笑出了声。

"都一样，"加内特小声对西特伦娜说，"我有点希望他们到早上才发现我们，这样的话，我们就能告诉我们的孙子们，我们有一次整晚待在图书馆了！"

第六章　旅　行

八月的那段长长的日子每天都有满满的活动。谷仓很快就成了形，而且看起来会很不错。有时候弗里伯蒂先生会在它面前停一下，然后摇摇头。

"我的天，这肯定是一个漂亮的谷仓，"他总会出神地说，"这肯定很漂亮。"

暖暖的天气里，到处都是拉锯子和敲锤子的声音。男人们在谷仓干活，加内特和她母亲在家里和菜园忙得不可开交，因为菜园现在正是大丰收的时候。但是他们很难跟得上它们生长的速度。当你摘完所有的豆子，是时候要摘长得像打猎号角一样的西葫芦了。等你忙完西葫芦这边，又到摘豆子的时间了。然后你要很快地去密密麻麻的藤枝上摘熟透的番茄,准备做番茄罐头了。然后还有要去照料甜菜和胡萝卜,之后又要去摘一轮豆子。

"豆子从来就不知道什么时候该不长了!"加内特母亲厌烦地说。

玉米是每天都要摘的,在一排排好闻的玉米秆之间走来走去是很舒服的。西瓜也是!加内特总要用一根手指去敲一敲那些圆圆的绿色西瓜,看看它们有没有熟。有时候她故意摔掉一个,然后它就像冰层一样裂开,里面是凉凉的、红红的。然后她回家的路上吃得西瓜汁流了一地,吐出了黑籽,感觉舒服极了。

还有做罐头!哦,那些星期一直采摘,削皮,准备好苹果、桃子、西红柿、黄瓜、李子和豆子。厨房一整天都是蒸气满满,闻起来就像天堂的味道。炉子上排满了水壶和大桶,窗台上摆满了倒过来放的玻璃罐,有各种各样颜色的,而且摸上去很烫手。

然后在做罐头期间打谷子的时间就到了。

几周前,林登先生已经收割完他的麦田了,加内特帮着杰和埃里克把一捆捆黄色的麦垛堆起来:六捆黄色麦垛的脑袋低着,聚在了一起,然后放在上面的第七个就像一个帽子。等他们忙完,这片麦田和山谷里周围其他的麦田一样,摆满了这样的麦垛堆,看起来很好看。但是现在燕麦都晒干了,可以脱粒了。

每年林登先生会租一天豪塞尔家里的打谷机。到时豪塞尔先生、西塞罗和默尔会开着打谷机过来帮忙。弗里伯蒂先生经常在场,贾斯珀·卡迪夫和他的两个儿子会经常从大中空过来帮忙。有些男人会带上他们的妻子一起来拜访林登夫人顺便帮她一起做饭,打谷子的人会吃得很多。储藏室这里已经有蛋糕了,五种不同口味的派藏在干净的碗布下面。这里还有几块刚烤出来的面包,晚餐会有猪肉和豆子,堆成山一样的土豆泥,还有汇成海一样的肉汁。那个大的玛瑙咖啡壶会在炉子上慢慢地煮,等过了十二点半每样东西都会被吃光的! 加内特想起了打谷的其他事情。

早晨很早的时候,她听见了一辆拖拉机的吭哧声和一辆打谷机的嘟嘟声,她向窗外望去,看着它们两个一起慢慢地穿过麦田向新谷仓开过去。打谷机和恐龙一样有着长长的脖子,车后面连着点胡子须的边以防麦秆被吹得太远。那是一个又高又瘦的笨重机器,全身都是轮胎、传送带、管道和螺钉,看起来几乎太复杂而不实用。

等到加内特干完她的家务活,走到了室外,大家正忙着打谷。

豪塞尔先生像皇帝一样坐在拖拉机的椅子上,拖拉机用一根滚动的长传送带连着打谷机。男人们把一捆捆麦垛扔到一道移动的斜坡上,它们会被喂给打谷机长着锯齿的下巴里,这个怪兽的里面会有一些神秘的过程把麦粒从麦秆上分离了出来。麦粒会从一边长长的管道里像一阵风一样被扫出来。它有两个口,西塞尔·豪塞尔会小心地在上面系牢麻布袋,等装满了,然后迅速换一个新的。麦秆和谷壳从像恐龙脖子的那根管子里飞出来的,满天都是一团团金色的灰尘。男人们很投入地在扔麦垛,压实麦秆,还有把重重的一袋袋麦子拖到新谷旁边的小仓库里。弗里伯蒂先生坐在机器前的高处,用方向盘控制那根长脖子,帮着把麦秆垛得又高又结实,两边对称。

"我可以做什么吗,爸爸?"加内特问她父亲,然后打了个喷嚏。空气里飞扬着的麦子壳给她挠了痒,呛住了她的喉咙,然后飞进了她的眼睛里。她觉得全身都很痒,但很好玩,每个人都一起有节奏地工作,情绪高涨。她也想加入其中。

"好吧,"他爸爸考虑说,"你可以帮西塞罗收麦子,或者你可以去扔掉在地上的麦垛。这里有很多你可以做的事情。"

西塞罗教她怎么把麻布袋绑在管子的出口上,然后用一个金属钳子夹紧,等到一袋满了,推开杆子让麦粒落到另一个袋子里。动作必须很快,要不然麦粒就掉在地上浪费了。除了上面发动机的轰轰声,听见麦子不断从管道里迅速地滑出来的感觉还是不错的。

等她在那里快干了一个小时,她开始帮忙把麦垛扔到一个移动的斜坡上。杰在她旁边扔麦垛,边流汗边累得抱怨。他看起来既严肃又认真,她跟他说话的时候,他总是简单地回答了几句。

慢慢地,加内特爬到了机器的顶上,想看弗里伯蒂先生在干什么。他的眉毛和大胡子上全都是麦壳,就像一只老海象身上缠上了些海草。

"我可以吃下一头大象,"他告诉加内特,"一头烤得刚好的大象,上面有洋葱和棕色的肉汁。说实话,我觉得现在只有一头大象才足够让我饱餐一顿了。"

加内特笑了。"我们不会吃烤象的,"她说,"我们的屠夫搬不动一头象。但是我们有五种不同口味的派:苹果派、桃子派、蓝莓派、柠檬派和奶油硬糖派!"

弗里伯蒂先生闭上了会儿眼睛,好像这些对他来说太多了,叹了口气。

"除了烤象,我最喜欢派了。"他说。

他们面前闪闪发亮的麦秆堆慢慢地变高了,就像一小座金丝做的山。埃里克爬到麦秆堆的上面,把它压实,甚至还用耙子压了压。有些时候他会失去平衡摔在软软的麦秆上。加内特和弗里伯蒂先生每次都会大声又粗鲁地笑着。

"等一会儿,"弗里伯蒂先生突然说,"他们男孩子还不够快,我最好去帮他们一起扔麦垛。你接手,加内特。我会给你展示一下怎么弄。"然后他告诉她方向盘向左是左右移动那根大管道,向右则是上下移动。

"你觉得这样没事儿吗?"加内特紧张地问。

"哦,它就跟宝宝一样温柔,"弗里伯蒂先生说,"但如果你放手,它会直接吃了你的手。只要时不时拍拍它的脖子,按我说的控制方向盘,它会继续尽最大力气工作,直到奶牛都吃完草回家。"

与此同时,加内特还是觉得这特别重要,她慢慢地把管道移动到她认为合适的位置,然后拉起那根绳子,就像拽着一把长胡子一样,吹出来的麦秆全部被倒在了那一堆上面。空气里金黄色的麦壳和麦秆的烟雾变得越来越多了,她的手臂和腿上都覆着一层金闪闪的灰尘。

埃里克从麦秆堆上爬下来喝了口水,发动机发出轰轰隆隆和咔嚓咔嚓的响声,中午的太阳光线特别晒人。加内特感觉有点困,她挺直地坐着,眼睛睁得非常大,她尝试过哼首歌,但是没任何起色。她的脑袋分分钟就低下来了,然后她的思绪开始变慢了,变得奇怪了,然后进入了梦乡。

"小心!"底下传来一声大喊,她抬起了头。然后她慌

第六章 旅 行

张地紧紧抓住方向盘。是一场地震吗?她刚刚睡着了吗?因为现在那座金闪闪的山开始自己动了,朝着她的方向动了,马上就要高过她了。突然,它速度慢下来了,然后比刚才还快得向她涌过来,直到她被淹没了,她被干燥的、痒痒的、针扎一样的黄色麦秆给弄得快窒息了。她感觉麦秆堆一定已经头重脚轻,都翻过来了。

埃里克来救她了,把她挖出来,用刷子把她身上粘的麦秆刷下来。

"我真傻。"加内特说。她觉得糟糕透了。

"别放在心上,"埃里克说,"我不应该去喝水,应该一直盯着的。我们很快会再堆好的。"

但是杰怒着脸朝她走了过来。

"看在上帝的分上!"他生气地说,"你一定要把这里弄得一团乱是吧!你为什么不待在家里帮母亲呢?打谷不是女孩子们来插一脚的事情,拿着擦碗布才是你们该做的事情。这会拖慢整个进度的。"

加内特转过身,跑着穿过那些烫脚的麦田。那些麦茬就像一根根小长矛一样立着,扎痛了她光着的脚丫。蚱蜢就像火星子一样跳来跳去,四处跳着。眼泪涌在了眼睛里,让眼前的草地被金黄色的洪水淹没了。

"讨厌的杰!刻薄,刻薄,刻薄!"她小声地喊道,"我再也不认为他是个好人了。我讨厌他。"

"哦,杰,你到底发生了什么。"她想着。杰之前一直是她最好的朋友,而且在很多事情上,基本上所有事情自己和他都是平等的。自从埃里克来了,他就变了。现在想想他是怎么对她说话的!就像她是个小孩子,或是一个娘娘腔,或者他不喜欢的某个人。

她掉了个头,朝家里走了过去,走到上面穿过花园对的那条路。可能她妈妈会让她感觉一切又没事了。

厨房里似乎挤满了女人。豪塞尔夫人和她姐姐肥大的身子结实地坐在凳子上。艾伯哈德老夫人坐在一把摇椅上摇来摇去。卡迪夫家里的两个女人在水池旁忙着,她们脚边唐纳德和小卡迪夫边爬边叫。林登夫人打开了烤箱的门,然后听到某人刚刚说的某件事情笑了起来。空气里都是女人的说话声和小孩子的叫喊声。很明显,现在没时间打扰她母亲,没人注意到加内特,她偷偷地上楼到了小房间里。房檐下面会很热,但是至少会很安静,没人会打扰她。她推开了半掩着的门,然后停了下来。

她床上,豪塞尔家最小的孩子勒罗伊躺着,胖乎乎的,自己玩得很开心,巴巴地叫着。他身上红红的,还有酒窝,脑袋上顶着金黄色的头发,在今天之前加内特一直很喜欢他。但是现在她冷冷地看着他晃着自己的双手双脚,傻傻

第六章 旅 行

的笑容中露出了他两颗牙齿,但是她现在很清楚她肯定很讨厌他。

"好了!"加内特严肃地盯着小宝宝说。"在我自己的家里没地方待,他们又不想要我在外面打谷,我就只要离开就好了,自己一个人离开!"

她洗了头发,又把头发梳了梳,穿上了一条蓝色的裙子和一双搭扣鞋。脚趾那里感觉又硬又不舒服,因为整个夏天她一直都光着脚。然后裙子的衣领上有一块淀粉渍让她的脖子很痒。反正她讨厌裙子,她边抽泣边打嗝,扣上那些难扣的小扣子。"没人有这么不开心过。"她心想着。"他们所有人过会儿可能都会后悔的!"

在那个亮闪闪的钱包里有她外婆圣诞节送给她的五十美分,一块新手帕,她四周前找到的银顶针,还有从折扣店买的一瓶香水。她紧紧地把链条绕在自己的手腕上,然后在想要不要戴帽子。她把帽子从衣柜里拿出来,然后看了看那顶帽子。那是一顶用便宜的稻草编的黄色帽子,顶上破了个洞。加内特觉得这是一种儿歌里的小猪会戴着去市场的帽子。等她戴上了帽子,看着镜子里她红红的鼻子,帽檐下面是她长长的、耷拉着的辫子,她马上摘掉帽子而且扔到了地上。勒罗伊满足地打了一个饱嗝。

"你!"加内特抱怨道。"你为什么不待在你自己家的婴儿床上啊?"

她穿着不合脚的鞋子,悄悄地走下楼梯,然后偷偷溜出了厨房。

"你去哪里,加内特?"她妈妈大声喊道,"晚饭马上好了。"

"哦,就出去一下,"加内特模糊地回应,"反正我也不饿。这里人太多了。"她走后关上了纱门,她也不管自己是不是粗鲁。没人注意她那一点点在胸腔里燃烧着的怒火和失望的声音。

她现在开始跑步了,穿着那双很滑的鞋往前滑去。她不想让任何人阻止她,这时她看见弗里伯蒂先生慢慢地穿过那片麦田。

"哎,这里!"弗里伯蒂先生喊道,但是加内特假装没有听到他的话,然后跑得更快了。

等她到了高速路边,她的愤怒开始变成了一种兴奋的感觉。她还没想好要去哪里,但是埃里克搭车的故事她还记得很清楚。"不管怎样,我会试试,"她心里想,然后站到了路边。"他不是唯一一个可以旅行,自己做事情的人!"

经过的第一辆车上满是人,然后第二辆过来的时候她一直举着手。车减了速,然后让她害怕的是她发现自己认识车里的人——彭特兰小姐和她的老母亲,还有两个带着笑

第六章 旅 行

容从大中空来的女士。

"是小鲁比·林登,"加内特听见彭特兰小姐朝她听不见的母亲喊道,"早上好,鲁比!你要搭车去布莱尔斯维尔吗?"

加内特绝对不想要这样。她现在脾气很不好,感情被伤害了,她想着要远离所有她认识的人和事情。"总之,坐在一辆关着的小轿车上,对四位友好的女士保持礼貌,这是一场多么无聊的冒险啊!"

"为什么——不,谢谢你,"加内特结巴地说,"我只是在招手,就这样。""好吧,亲爱的,"彭特兰小姐说,"很热,是吧?"

"是很热。"亮闪闪的路上热气不断地晃动着。加内特紧张地盯着路面。

一辆小跑车正拐到了弯道上,她又一次举起了她的手,但是车子咻的一声经过了她,甚至都没减速。她觉得被完全拒绝了。

又有两辆车和一辆货车用同样的方式直接经过了,一辆黑色的旧轿车在她旁边停了下来。"需要搭车吗?"驾驶座的男人问道,他的妻子灿烂地笑着,还露着一颗金牙。

"是的,我要搭车,"加内特感激地说,感觉自己像一个探险家正要开始自己的冒险的旅行。

"你要去多远的地方啊,小女孩?"女人问。

一瞬间加内特疯狂地在想要告诉她什么。然后她决定了。

"新科尼斯顿。"她坚定地说。新科尼斯顿离这里有十八英里远。对从来没见过一个大城市的加内特来说,这个城市似乎跟巴格达、桑给巴尔、或者君士坦丁堡一样特别大、特别迷人。这是一个在陡坡上建的小镇。这里有有轨电车,一个百货商店,还有三种不同的折扣商店。这里有一个电影院,一个带喷泉的小公园,还有一些内战留下的废旧大炮。加内特只去过这个地方三四次,都不是她自己一个人去的。

"新科尼斯顿!"那位女士说,"好吧,我们不会去这么远,只到霍格维尔。但是你可以从那里坐巴士。"

加内特一个人坐在后座的中间,然后盯着他们脖子的背后。这个男人脖子很瘦,肤色是黝黑色的,而且上面还有交错的一道道纹路。它看起来像一块干掉的树皮,一个普通农民的脖子。但是女人的脖子很胖,看起来生活很宽裕,然后她脖子后面戴着一条珠子项链,上面还有一颗莱茵石的扣子。她的帽子就跟其他人的一样。

女人转过头,整个粉红色的脸对着加内特,好奇地盯着她。

第六章 旅 行

"在我看来搭车对你来说还太早了,"她评论道,"如果我是你妈妈,我不太喜欢这样。"

加内特的脚趾在鞋子里不舒服地扭来扭去。她不知道要说什么。

"哦,现在的年轻人都非常有进取心的,"那个男人说。"以前就这样,我猜,而且以后也会一直这样。我记得我小时候有一次,走了十四英里去看马戏团。我就直接走了,扔下了我的家务,扔下了需要被挤牛奶的奶牛和需要被喂食的猪,而且我都没有跟我家人讲过,因为我清楚他们会怎么想。我现在还记得那个马戏团的帐篷是怎么样的,外面有一圈灯亮着,就像生日蛋糕一样。我只有足够的钱买票进去,没剩下一分钱来买爆米花或花生,而且我去的时候连晚饭都没吃,我空空的胃就像一个拾荒者的口袋一样。但是我根本就没在意。我看了全部的马戏表演,大象,穿着紧身裤的骑马女士,还有其他的东西。等我到家的时候已经差不多天亮了,我爸爸一直醒着等我。他拿着鞭子打了我,这是我应得的。但是我总觉得这也很值。"

加内特觉得可能是这样的,但是她没这样说。

"根本不值得!"女人大喊。"你母亲一定担心地快发疯了。"

加内特决定换个话题。她很确定这位女士如果知道自己偷溜出来的她是不会同意的。

"你是不是——你住在霍格维尔吗?"她问。

"不是的,"那位女士说,"我们住在深水那边,但是我们经常去霍格维尔。"

"她是个歌手,"那个男人说,向他妻子点头示意道,"这会是你听到的最好听的女低音。等她全力唱歌的时候,甚至家里的炉子也会抖。她会在教堂节日,小镇大大小小的会议上唱歌。除此之外,她在洗碗、收拾屋子或者做一些精细的针线活的时候也会唱歌。去年她在集会上赢了两个丝带奖,真的。"

加内特可以看出他非常为他的妻子自豪。而且她看到那个女人的脸颊有一个圆形的轮廓,因为她正在开心地笑着。

"哦,我真希望能听你唱一次歌,"加内特说,"我从来没听过一个女低音唱歌!"

"去吧,给这个小女孩唱首歌吧,艾拉,"男人催促道,"放开嗓子。路上没人。"

"好吧,让我想想,"女人摸着她的珍珠项链,清了清嗓子,"赞歌怎么样?"

"好呀!"加内特喊道,"《摇滚时代》,请唱这首。"这是她唯一记得的一首赞歌。"

突然那个女人开始唱歌了。加内特紧紧地抓住了椅子边。"岁月的磐石,为我劈开,"女人唱着,然后加内特明白

第六章 旅 行

为什么炉子会抖了。她从来没有听过这么有力的声音。歌声回荡在车厢里,她的脑袋也晕了,耳朵也鸣了。高亮的歌声完全地传到了这个夏日里。加内特看到三个浅黄色头发的小孩子趴在栅栏前,嘴巴和眼睛都因为吃惊张得很大,她看见一个农民放下了他手里的耙子,然后一直盯着他们,她还看见牧场里有几只奶牛抬着头,眼神里充满着不安和慌张。然后她觉得好像下一分钟这巨大的声音随时会把她震出窗户。

歌声停止了,然后女人自然地转过了头。

"刚才怎么样?"丈夫问。

"哦,歌声太好听了,"加内特相当小声地说,"我这辈子从来没听过这么高的声音!"

"对的,"男人赞同地说,"如果我们可以刚好把她声音里的力量拿出来,我们肯定能攒够足够的电,照亮整个新科尼斯顿,我猜。"

第一栋霍格维尔的房子出现了。女人戴好了她的帽子,然后看着加内特。

"你会好好的是吗,亲爱的?"她问道。"如果我是你,我会从这里坐巴士。你永远不知道你在搭车的时候会遇上什么样子的人。你带够钱了吗?"

"哦,是的,我有很多钱。"加内特想着她还没花掉圆圆的五十美分硬币,回答道。"你有这么多钱可以做一百种不同的事情。坐巴士,冰淇淋吃到吐为止,在折扣商店买东西,甚至说不定去看一场电影!"说不定在新科尼斯顿的梦想岛电影院里,还有一张西部电影的海报,她希望如此,看一部里面有很多匹马和流血场面的电影。

男人在大路的公交车站旁停下了车。

"你正好赶上了,小女孩,"他说,"巴士会在几分钟内从这里出发。"

"现在别走丢了。"女人说。

"等新科尼斯顿集会开始的时候,你会来吗?"她丈夫问。"如果你去的话,你可以看看刺绣那里赢过最多奖的被子就是她绣的。说不定我们会在那里看到你的。我的名字叫赞格尔。"

"厄尔·赞格尔先生和夫人。"他妻子说。

"我希望能再见到你们,"加内特说,"谢谢你让我搭车,还有唱的歌。"

他们都是好人,有一瞬间她感到很抱歉看到他们走。但是下一分钟,她忘记了他们,然后爬进了巴士里。

第七章 "像拾荒者的口袋一样"

那是一辆旧巴士,但看起来有活力,还有司机,他帽子上插着一枝玫瑰,一只耳朵后面还别着一支铅笔。他看起来比这辆巴士年轻。

巴士上只有其他两个人:一个用报纸给自己扇风的女人,还有一个张着嘴巴睡着的男人。

加内特坐在一把有人造皮革靠背的滑溜溜的大椅子上。那块皮革上有一股很浓的味道,上面还有些其他的味道,汽油、灰尘还有人们衣服的味道。

车启动的时候发出了一声惊人的巨响。加内特觉得很骄傲并且很有经验了,就像一位在欧洲旅游的女士。她抚平了她的裙子,把肩膀两边的辫子重新整理了下,然后看向窗外。

很长一段时间,她看着飞过的农场和玉米地,森林和小山丘。光线非常亮。狗狗们躺在树荫下,而猫咪们睡在门前的台阶上,有阳光照在它们的毛上。

巴士在下一个小镇梅洛迪停下了,那个男人和女人下车了,男人还在边打哈欠边揉脸,女人则叹了口气,对着热气摇了摇头。没人上车。司机回过头看着加内特。

"喜欢快点开吗?"他问。"这辆旧巴士还是有点速度的。这样吧,现在这辆车都是你的了,然后你可以假装你是一位有司机的女士。我来给你展示点开车技巧,怎么样?"

"哦,我喜欢!"加内特喊道,然后他们开车离开了。

他们开车像火一样,无论是上坡还是下坡,两个车轮弯来弯去。电线杆就像高高的长颈鹿一样迅速地跑了过去。鸟儿们从栅栏飞过,母鸡们飞快地走开,风也吹着口哨。

加内特坐在滑溜溜的椅子上从一边弹到另一边,但忍住没尖叫出声。这比集会上马车好多了!

没过多久,他们就看见一座高山,高山上面就是新科尼斯顿这个城市了。那里就是,对加内特来说和巴格达、桑给巴尔、康斯坦丁堡一样闪闪发亮的城市。她晃了晃自己的钱包,那里面还有叮叮当当、大有用处的四十美分。

他们开过了小镇第一排破旧的房子,看见了一些更大的

第七章 "像拾荒者的口袋一样"

房子,又经过了一些商店,然后他们停了下来。

"谢谢你开得这么快。"加内特跟巴士司机说。

"好的,小妹妹,"他说,帮她下了车。"这是我的荣幸。"

"我应该先干什么呢,"她心想,"那我就先在街上到处走走,听听那些噪声吧。"

这里有很多噪声。有轨电车在轨道上哐当的响声,汽车的鸣笛声,许多人不停地说话声,还有人行道上他们踏踏和拖着脚步的脚步声。加内特喜欢听城市的噪声,还有那些正在发出噪声的东西。

每一次她走到一个商店,她会停下来从窗户望进去。这里有很多她从来没在布莱尔斯维尔看过的东西。有一个大窗户里摆满了厨房用具:一个淡绿色的炉子,一个绿色的瓷洗碗池,还有全部是淡绿色的搪瓷水壶和平底锅。谁听过这样的东西!还有一个窗户里面都是晚礼服,还有一个里面全是毛皮大衣,想象一下。现在,八月,毛皮大衣!

在每个窗户,加内特都给她的家人选了一个礼物。给她妈妈的绿色洗碗池和一件棕色的毛皮大衣,还有一件锥子形的晚礼服。在农贸商店大大的展示橱窗里,这里有一个她父亲会喜欢的唱片机,还有她在玩具店看见一个正适合唐纳德骑的消防队长的车。

但是给杰？给杰——她真的要给他考虑买礼物吗？她讨厌他，不是吗？她来这么远的路程不就是因为她讨厌他吗？哦，不！毕竟，无论她怎么努力，加内特现在还是记不起来是怎么对杰生气的。刚好她经过了一家乐器店，然后她在窗户里看到了一台手风琴，红白相间亮闪闪的。这世界上杰最想要的就是一台手风琴。加内特盯着它看了很长时间。她觉得又高兴又自豪，好像她已经把手风琴送给了他。

"杰和他的旧稻草堆，"她自嘲道，然后她低着头因为她忍不住笑了，"他生气了！他有生气吗？"

她突然想起了那个画面，稻草堆倒了，而且把自己埋了起来，出于某些原因，那似乎比世界上任何事情都要好笑。她一路上下巴一直收在衣领里，忍住不笑。但是她实在忍不住！笑声膨胀了起来，然后笑声越来越强，直到她身体晃了晃，开始大口喘气。人们笑着看着她，然后一个警察说："希望我也知道这个笑话是什么，小女孩。"但是过了一会儿，笑声都耗尽了，她又看了一下四周，然后做了一个深呼吸。

现在她已经选了她家人最想要的所有东西，然后她走进了一家折扣店去买一些她可以付得起的礼物。

加内特喜欢折扣商店，而且这家似乎看起来特别欢快、活泼。里面来来往往挤满了人，人们不时地停下来，从纸袋里拿糖吃。空气又热又闷，充斥着香水、炸洋葱圈、巧

第七章 "像拾荒者的口袋一样"

克力和灭蝇剂的味道。玩具柜台上摆满了像花束一样插着棒的气球，墙与墙之间的柱子上绕着一圈圈红色和粉红色的、皱巴巴的装饰纸。周围都是小孩子的哭闹声，妈妈们的叫喊声和收银台收钱的叮当声。在喧闹声的上方，笼子里欢快的金丝雀们唱着它们的歌，就好像在它们熟悉的森林里举办了一场盛会。

在柜台边一个二十七岁的女士把雪花膏涂在她的脸上，然后像一张旧唱片一样大声地说着话。她前面有一小堆人，大多数是女人，松垮地抱着他们的包，然后盯着她。

"这个雪花膏，"那位女士吹嘘说，"是用小乌龟身上的油做的。晚上睡觉前涂在脸上，然后用力地拍打。"那位女士自己示范如何拍打她自己的脸。"如果经常用，它肯定能消除纹路、皱纹、双下巴和雀斑。还有对于保护最娇嫩的皮肤是很有益处的。"她眼睛看到了加内特。"甚至那位站在这里的小女孩也可以通过使用这款雪花膏而受益的。她长大后就不需要经历那些雀斑了！"所有的女人一起转过头然后看着加内特，带着一脸成熟的笑容。

加内特觉得很尴尬。她一点点从雪花膏那边的人慢慢地走开，牙缝中间还吹着口哨。"雀斑，看在上帝的面子上！谁在乎雀斑啊？"

她花了很长时间给她的家人买礼物，因为她需要去挑选,还要比较。但是最后她买到了绝大部分东西。首先,是给杰的一本关于西大荒的书,给唐纳德的一个小飞机模型,给她父亲的是一块印花的大手帕,然后给她母亲的是一个带着红色玻璃珠宝的戒指,看起来比任何见过的红宝石还要大,还要漂亮。只剩埃里克了。她能给他点什么呢?

等她在过道拿着她那袋笨重的礼物闲逛时,她发现胃里涌起了一阵悲伤的感觉。

"空的肚子,这就是我现在的样子,"加内特惊讶地想,"胃里空空的就像乞丐的口袋一样。"她想起了赞格尔先生。

毕竟现在过去了半个下午了,她还没吃午饭。她停在了一个透明玻璃窗前,里面有一打胖胖的香肠在烤架上烤着。它们闻起来很香,比一般还要好。

"请拿一根香肠。"加内特说,拿给了卖香肠的女士五美分,她有一头金黄色的头发,还有草莓色的指甲。

"拿到的香肠卷成了一个圈,然后上面淋着芥末酱。它比一般味道的要好吃。没有东西能和折扣店里的热狗味道一样好。"加内特心里想。"等我吃完这根,我要再来一根。我要吃点冰淇淋,然后我再看情况。"

但是等她正打算开口要第二根热狗的时候,她突然意识到一个可怕的事情。

第七章 "像拾荒者的口袋一样"

她晃了晃她的钱包。钱包听起来很安静，里面没有叮当声。她咽了一下口水，然后打开了钱包的扣子。是的，里面有香水，有一块新的手帕，还有那个宝贝的顶针。她把它们都拿了出来，然后看着钱包里黑黑的小洞，然后她倒着拿着钱包，但是什么事情都没发生。里面是空的。

"就像拾荒者的口袋一样。"加内特十分钟内第二次说道。

"怎么了，亲爱的？"卖香肠的女人亲切地问。"钱包空了？"

"空了，"加内特重复道，"而且我离家还有十八英里远。"

卖香肠的女人长着有趣的、细细的眉毛，她惊讶的时候看起来更加好玩了。她探过身说，但正好一个体形超大的女人身边带着一堆小孩子冲到了柜台前，开口道。"七根，"她说，"请拿七根香肠。两个放芥末酱，五个放酸泡菜，还有我们很赶时间。"

加内特看着卖香肠的女士完全把她忘记了，然后她走出了商店。

"好吧，我的天，人们不会在这样的城市里因为迷路就饿死的，"加内特对自己说，"无论任何，我可以搭车。这很让人激动。我希望杰在这里。"

不过，这很奇怪。她走到街上，她的鞋让她很难受，她的脚也很痛，然后她的钱包也是空的，她感觉自己像一个年纪很大的老妇人刚从不待见她的外孙们那儿回到家。

小公园的门开着，然后加内特走了进去。公园看起来很不错，里面的树倒映着阴影，喷泉听着就像柠檬汽水一样。一堆人坐在长椅上，她唯一能找到的空地方是一个拿着报纸的高个子男人，还有一个带着狗的小个儿男人旁边的一块非常小的空地。报纸上的文字是用另外一种语言写的，等加内特想要摸那只狗的时候，他扬起嘴巴，哼了一声，马上她的脚就不痛了，她马上逃走了。

"我的天，真吵，"加内特心里想。"我已经听烦了。那些有轨电车！没有它们算了。"

不过，如果她要是有五美分的话就能坐上一辆有轨电车了。她突然升起了一阵想要回家的想法。那里没有噪声，只有自然的声音，比如蟋蟀、奶牛和早上的公鸡。然后她沿着坡向街道走去，又经过了一遍里面装满宝物的所有窗户。然后她对自己一遍又一遍念着，就像一首诗一样：

"十美分买了书，五美分买了飞机模型；
　十美分给了父亲的手绢，
　十美分给了母亲的红宝石戒指。"

但是之后她一定要加一句："还有五美分给我的热狗。"

第七章 "像拾荒者的口袋一样"

然后这里没有给埃里克的东西。她感觉自己很羞愧。她这个年龄应该更清楚的，但是那五十美分的硬币看起来那么大。她之前从来没有花过这么多钱。杰该多讨厌啊！现在也没其他事情可做了，她只能努力免费搭车回家了。

不知道为什么，似乎在农村的街道上比这样直接在小镇中间搭车要更容易一些。她一直走啊，走啊，下午的阳光颜色更深了，马上就到吃晚饭的时间了。家似乎跟埃及一样远。

她走在路上，房子变得越来越小，越来越破，越来越少了，然后她现在闻到了田野里香甜的、柔软的味道。想一想！几个小时她就忘记了它们闻起来是什么味道的，还有除了蟋蟀的声音它们是多么的安静了。

每次有辆车经过，她转过头，举起了她的手，但是大多数情况，车直接轻视地呼啸开过。

绑带的鞋子越来越痛了，然后她正准备脱鞋光脚的时候，她听见又来了一辆车。她站直了身体，举起了她的手。她看到那是一辆货车，拉着一大堆东西。

货车慢慢地减速，然后停了下来，司机看着加内特。

"想要搭车吗，孩子？"他问。

"他看上去有点像好人，"加内特心想，然后接着说，"是的！"然后从他旁边爬进了车里。车里都是母鸡咯咯叫的声音,她从他脑袋后面的小窗户看去,看见货车上装满了鸡笼子。

"你要带它们去哪里啊?"她问。

"汉森那边的批发市场,"司机说。"每一只孵化养大的鸡都是为了变成某人周日的晚餐。"

"哦,"加内特说。她没再看那些鸡,但是她忍不住听它们的声音。

"你要去哪儿,孩子?"司机问。

"我住在一个小地方,叫伊索山谷,"她紧张地问。"它在布莱尔斯维尔旁边三英里的地方,你要去附近那里吗?"

"当然,"司机确认道,"我去汉森的路上正好经过那个地方。"

"哦,村子田野里的味道真好闻!那些城市人,他们可以有他们的有轨电车,可以有他们绿色的炉子和毛皮大衣、热狗还有其他的东西。"

"去买东西了吗?"司机看着她的包问。

"我确实去买东西了,"加内特笑着说,"这也是我为什么要搭车回家的原因,我花光了我有的每一分钱。"

然后她告诉了她买的所有东西,还有关于她家人的故事。

等他们开到了霍格维尔的主道上,加内特听到了一阵有

第七章 "像拾荒者的口袋一样"

点像东西掉落的声音,然后她看见一个男孩指着开始大喊。她把脑袋伸出窗外,他们后面街道上全是鸡到处乱跑。

"停车!"加内特对司机喊。"有一个鸡笼子倒了,而且笼子破了。"

"这些可恶的鸡,"司机停下车叹着气说,他的口气听起来这种事情之前也发生过。"告诉你,我宁愿拉一车凶猛的野生大象。"

加内特也跳下了车,然后开始追那些母鸡。汽车鸣着笛,没办法穿过。楼上的窗户都是人们探出来的脑袋,行人停在了人行道上。霍格维尔的一个警察,格斯·温奇,不知道从哪里冒出来指了路。人们不停地笑着。

加内特双手抓住了一只红褐色的母鸡的脚,她伸手又去抓在车子前盖的另一只母鸡。货车司机手上抓着三只满身羽毛的、咯咯叫个不停的、挣扎着的母鸡。

"还有几只在外面的?"加内特拿着母鸡,气喘吁吁地说。

"看一下。我们已经抓住五只了,肯定还有一只不知道在哪里。"货车司机满脸通红。他捡起了破掉的笼子,把笼子放正,然后把抗议的母鸡们扔了进去。然后他把另一只笼子压在顶上,跑去五金店去借一把锤子。

加内特看见一些黑色的羽毛尾匆忙地消失在了一家家

具店敞开的门里。她马上追了过去。她经历了一场多么刺激的追赶啊！那只鸡在摇椅下面乱窜，拍打着翅膀飞过了桌子和装着软垫的沙发。有时她的手指已经碰到了鸡的羽毛了，但是每次都被它逃脱了。最后她在角落里一张藤椅沙发下爬着走，然后抓住了它。家具店的人很不高兴。

"我们之前没有过家禽在这里乱跑过。"他抱怨，盯着加内特，觉得她好像是故意这样做的。

加内特把鸡夹在了一侧，请求商店里面人的原谅，然后又跑到了外面。

但是她一出门，那只鸡就身子突然一歪，一个转身，半飞半跑，蹦蹦跳跳在街上乱跑。她的手碰到过它，脚踩到过它，但是那只不乖的黑鸡一直是他们的对手。它加速跑着，在人行道上一路躲着，一边生气地咯咯叫着，扑腾着翅膀，最后绝望地一跳，落在了一家饭店门上转动的标志牌上。

人们不断地笑着，街上回响着笑声。那只黑色的母鸡挂在那根晃晃悠悠的杆子上确实很可笑，咕咕地叫着，然后打理着它的羽毛。下面那块标志牌上用红颜色的字母写着"我们的特色鸡料理晚餐"。

"现在我该怎么办！"加内特说。

货车司机拿着一个梯子跑出了五金店，然后他把梯子靠在墙上，加内特一下子就爬到了中间，边爬梯子、辫子边

第七章 "像拾荒者的口袋一样"

飞了起来。她有义务要抓那只鸡。

在那只鸡咯咯叫着准备离开之前,加内特抓住了它的脚。

她兴奋地往下看着司机的脸。她觉得很骄傲。

"看,它在这里了,"她说,"我的天,我从来没见过这样一只鸡。"

她把它拿到她身边,然后小心地爬下了梯子。现在她抓住它了,她又有点后悔了。你不能怪一只鸡不想成为一顿晚餐。

"天啊,"司机佩服地说,"你确实干得不错,孩子。"然后旁观的人们笑着祝贺了她。她听见一个老人说,"那个小女孩爬梯子的时候就像有恶鬼在追她一样,这是我看过的最迅速的事情了"。

司机把那只鸡和其他鸡一样放进了笼子里。然后他用钉子钉住了上面。加内特发现他还留了两根没钉住的板条。

他们又一次回到了车里,然后出发了。人们挥手告了别,脸上还挂着笑脸。你可以看出他们很感谢有像这样意外发生的、值得笑的事情。

"是很好玩。"加内特心想。今天早上杰因为她没干好活骂了她一顿,但是现在货车司机因为她工作干得好而表扬她。这样事情好像扯平了。

司机用一块蓝色的大手帕抹了一下他滚烫的脸,加内特也拍了拍裙子。因为到处爬着追鸡,上面有点脏,而且她手臂上还有些被啄的痕迹,但是她感觉很好。

"这种事情经常发生吗?"她礼貌地问。

司机笑了。"好吧,不是那么常见,"他说。"不过有一次,我的两打鸡在芝加哥的大环路区跑了。天啊,我们把那里的交通堵了半个小时,但一只鸡也没丢。在巴士和理发店找到了它们,还有一些我都不知道的地方。"

他笑着看着加内特。"不过它们都是好母鸡。我上上下下在整个州因为它们赢了许多奖,还有下个月我会在新科尼斯顿的集会上展示它们,到时候看看我能拿什么奖。"

他伸进他口袋里,扔了一本小书到加内特的大腿上。书的封面印着:

《集会摊位宣传手册》

参展规章制度

西南地区

威斯康星州集会

威斯康星州,新科尼斯顿

9月9号——12号

第七章 "像拾荒者的口袋一样"

背后的封面更加有趣。上面说:

特别节目

《伟大的佐兰德》

表演级别 三

在七十五英里(约二十三米)高空中

最刺激和最不可思议的

平衡表演。没有安全装置!

《珠宝女孩和布鲁诺》

表演级别 二

两位女士和一位男士用杂技

和纯粹的喜剧征服观众。

《汉克·哈扎德和他的乡亲们》

音乐家和舞者因为他们的多才多艺

惊艳了百老汇。

另外,其他优质节目及特点

因数目众多无法一一介绍!

加内特决定如果能够帮忙的话她不会错过今年的集会

了,她打开了书,看了一下目录。好像只要你能够展示世界上的任何东西,从奶牛到十字绣,从猪到甜酸泡菜!

等她看到家禽的清单时,有某件事情抓了她的眼球:是"D类——猪展区"一列字下面的几个词,她读着"给六个月大的最优秀的种猪,一等奖,三美元五十美分;二等奖,一美元五十美分"。

毕竟提米到九月九号的时候就四个月大了,而且它是加内特见过的最帅的小猪了(多亏了她的照顾)。想象一下如果它获奖了!

"我可以留着这个吗?"她问。

"当然,"司机兴奋地说。"你计划在那里展出什么东西吗?"

"一只年轻的小猪,"加内特解释道,告诉了他关于提米的事情。

"哦,我希望他们能给你的小猪颁个丝带奖,"司机说。"听起来他们很可能也会这样做。"

他们现在开进伊索山谷了,也就是加内特住的山谷。只要她在山谷里住着,无论她住在哪里,她心里很清楚这个山谷对她来说都是一种特别的存在。

"往哪儿开,孩子?"司机问。

"到邮箱那里,我就可以从那条小路向上走了。"加内特说。

但是等她谢了他，跳下车之后，她很惊讶他也下了车，然后走到了货车的车尾。

"等一下，孩子。"他叫住加内特，一边把那个破掉的笼子拿了出来。然后他把两根板条松开的地方掰开，把手伸了进去。笼子里响起一阵咯咯乱叫的声音，等他把手再拿出来的时候，他手上抓着那只坏黑鸡的双腿。

"这里有份礼物是给你的，"司机边咳嗽边说，"如果不是你，我肯定没办法把那些母鸡全抓住。"

"哦，我不能要！"加内特喊道。但是她心里很清楚她可以接受，或者可能可以，因为她很想要那只鸡。

"现在听着，"货车司机说，"你把这只鸡拿走就算帮我一个忙了。它天生就是一个闯祸精，而且它也不喜欢我。我一点也不奇怪它自己把鸡笼子撞开。而且我感觉它很顽固，再说也没有人会买它做星期天的晚餐。所以这样如何？"

"好吧，"加内特说，然后伸出手接住了鸡。"哦，你不知道我多高兴能够得到它！我想到它跟一盘土豆泥和肉汁放在一起就感觉很讨厌。"

"好了，孩子。再见，"司机说着跳上了他的货车。在这之前，她好好地谢谢了他，或者说了声再见，他已经在一阵飞扬的尘土中离开半英里远了。

加内特把鸡夹在一侧。现在她终于有给埃里克的礼物了,一份他绝对比东西都要喜欢的礼物,只属于他的一个活生生的礼物,他可以喂养、照顾、搭个房子的礼物。

"没人会吃你的,可怜的鸡。"加内特对那只母鸡说,她看起来又累又灰心,鸡冠耷拉着。

路上是下午一道道树影,她看见某个人向她走过来,是弗里伯蒂先生。

"你好,弗里伯蒂先生,"加内特喊,但是她没办法挥手因为她一只手上拿着包,另外一只手抱着鸡。而且她也不能跑过去见他,因为她的鞋弄得她很痛。

"看我的鸡,弗里伯蒂先生!"加内特说,"还有看我的包,里面都是礼物!"

弗里伯蒂先生什么都没说。

"我自己去了新科尼斯顿。"加内特继续说。

弗里伯蒂先生什么都没说。

"我也搭了车,和埃里克一样。"她继续说。

弗里伯蒂先生还是什么都没说。这有点奇怪。加内特看着他。

"你生气了,弗里伯蒂先生?"她问。

弗里伯蒂先生沉默了一两秒或者更久,然后他说:"加

第七章 "像拾荒者的口袋一样"

内特,这件事情很有趣。我跟你没有任何关系。但是我认识你妈妈的时候比你现在还小。我认识你爸爸时间更长,你们家的农场就在我的旁边,然后我们也变成了好朋友,所以这让我觉得我对你来说是一个叔叔,一个外祖父或者类似的人。而且我对你的担心比任何一个我认识的小孩子都要多。你不到一岁的时候,我从你嘴里拿出来了一个安全别针。你三岁左右的时候,我把全身是泥、半溺水的你从小溪救了出来。等你稍微大一点,你爬上了我果园里一棵树,还没办法爬下来,我不得不拿着梯子把你带下来。然后当那只凶恶的黑白花牛追你到豪塞尔家的时候,是谁去牧场栅栏那边抓着你裙子把你拉过来的?是我。还有是谁在你吃了一口粉红色的大毒蘑菇之后,在森林里找到你然后给你芥末和水的?是我。还有谁在你自以为可以骑小母牛但摔了下来时,把你抱起来送去医院的?是我。对了,还有不久之前你和豪塞尔家的小女孩被锁在图书馆里,把我们都吓得头发白了的时候。现在,你因为和杰吵架觉得伤心搭车去了老天都不知道哪里的地方。"

"去新科尼斯顿了。"加内特小声说。这太糟糕了。

"好,新科尼斯顿,"弗里伯蒂先生,"你自己去了十八英里远的地方,没有告诉任何人。我看你穿着鞋子的时候,我就知道你计划着什么鬼主意。还有那条裙子。"

"母亲担心我了吗?"加内特问。

"她没有,"弗里伯蒂先生意外地说。"事实上,除了我没有人担心你。他们都太忙了。你爸爸以为你在家,然后你妈妈以为你在外面打谷或者跟豪塞尔家的小女孩在一起。你说你不想吃饭,所以没人在意。没人担心你,除了我。还有如果我是你,我不会现在说任何关于你这段小远足的事情,也没道理让你妈妈现在因为你去过的地方和做的事情心烦。"

"但是我的礼物!"加内特高声说。

"礼物可以等之后送,"弗里伯蒂先生坚定地说,"再过几天事情都安定下来,你可以把它们拿出来,然后告诉你妈妈你怎么拿到它们的。"

"哦,弗里伯蒂先生,"加内特说,"我很抱歉我对你来说是这么个讨厌鬼。我希望我没有这样做那些事情。"

突然她把鸡递给了他。

"你能抱它一会儿吗?"她坐在路边。"我把鞋子给脱下来。"

弗里伯蒂先生抱着鸡,然后笑了。

"我猜这样没用的,"他说,"我从来没看到过有精力的小孩子不时常捣个乱。总体来说,你还是很乖的,我不想要你变得不同。我的意思是你要经常多想一想。我们都

第七章 "像拾荒者的口袋一样"

不想你身上发生任何事情。"

加内特感觉好多了。脚底下的沙子跟天鹅绒一样软,然后她能够感觉到每一个脚指头又充满了活力。弗里伯蒂先生答应她先帮她养着鸡,直到她可以送给埃里克。

"我应该叫它什么呢?"加内特问。

"我不是很擅长起名字,"弗里伯蒂先生说。"我有一匹叫美人的马,还有一只叫梅杰的狗,但是我没给母鸡起过名字。现在想一下啊。小黑怎么样?"

加内特慢慢地摇了摇头。

"我不觉得这个名字适合它,"她回答,"这只母鸡跟其他母鸡不一样,它身上有很多斗志。有一位女神之前就是一个战士,母亲告诉过我她的故事。但是她名字叫什么呢?我记不得了。"

"我帮不了你。"弗里伯蒂先生说。

他们进了门,然后弗里伯蒂先生到外面鸡窝去藏起那只母鸡,加内特下楼走到了冷藏室去藏她的包。她一直想要记起那位女神的名字。

晚餐的时候,每个人都非常累,头发上沾着燕麦,讨论着打谷,装了多少袋燕麦,还有这次燕麦的品质多么好。

晚饭后,加内特把盘子擦干净。当她把盘子放进装瓷盘的柜子里的时候,杰走到她面前说:"等你干完了,我们

111

去镇子上吧。弗里伯蒂先生会带我们去，我们回来的时候可以搭某人的车。今晚那里有一场乐队的演唱会，我们还可以买些汽水或者其他的东西。"

"好啊，我们去吧！让埃里克一起吧。"加内特说。她笑着看着杰。她知道他肯定因为之前在地里跟她说话的方式感到有点抱歉。但是他肯定不会这样告诉她，但是没关系。

"布伦希尔德！"她突然喊了一句。

杰看着她说："你现在在讲什么啊？"

"那是一位女神，她有点像一位战士，"加内特解释道，"她有一个头盔，一只矛，还有装备，我刚刚想起了她的名字。我想要用她名字给某件东西命名。"

"你有犯过傻嘛！"杰叹气道。"哦，快点。我来帮你一块干。"

之后加内特、杰和埃里克一起去了镇上。一切都太美好了。

因为今天是周三，有许多人在这里，农民们会把他们的家畜拉过来卖，然后运走。

乐队在街道角落里用高跷搭了一个有点像纱窗的笼子，他们在里面表演。他们弹着声音很吵、节奏很快的曲子，他们把外套都脱掉了，因为他们表演的时候觉得太热了。

加内特、埃里克和杰在街上转悠着，跟他们的朋友们聊

第七章 "像拾荒者的口袋一样"

天。他们停下来,看了一会儿宾果游戏,然后他们又去了乐队演唱会那里,鼓手还让杰用他的鼓给一整首华尔兹曲子伴奏。杰需要做的事情就只有:咚砰砰,咚砰砰,一直重复下去,然后在"咚"的时候一下子重重地敲下去,然后在"砰砰"的时候轻轻地敲两下。杰想要一整晚都这样弹下去,但是加内特和埃里克想要他跟他们一起下台,好在鼓手说下一首曲子是一首进行曲,对他来说太难了。之后他们买了一些甜筒,喝了瓶装汽水。然后他们买了一包花生,边走在街上边吃着花生,一边剥皮,一边大笑,一切又没事儿了。

第八章　展会日

九月九号这天，太阳升起的时候光线很特别。跟九月往常的天气一样，天空是深蓝色的，晴空万里，时而有微风吹过。尽管风不是很大，但是能够明显地感觉到风的力量，好像它是从很远的地方来的，穿过一扇开着的门然后进入了另外一个空间。

加内特很早就醒了。在完全清醒之前她闭着眼睛躺在床上，有点怕睁开眼看天会下雨。不过即使眼睛是闭着的，她也知道今天会是个好天气，因为透过她薄薄的眼皮，颜色是明显的玫瑰色，所以她知道太阳照在她眼睛上了。她听见了草地上蟋蟀的叫声，一只贴着纱窗嗡嗡叫的苍蝇，还有外面某人吹口哨的声音。所以天气很不错，她也睁开了她的眼睛。今天天气多好啊！她在阳光下举起她的手臂，手臂上所有的小汗毛就像金子一样闪闪发光，然后她合着的手指颜色是暗红色的，仿佛里面有光似的。

她踢掉了毛毯，然后用她的一只脚指向了太阳，她的脚趾也变成了暗红色，但没有她手指的颜色深。

她打了个哈欠，伸了个懒腰，然后突然从床上跳了起来。她没等穿好睡衣就跑出了房间，跑下了没铺地毯的楼梯，那楼梯的声音听上去是中空的，像鼓一样。

砰！她推开了纱门，加内特已经穿过了草坪的一半，跑向了一个孤零零的小猪圈。那是埃里克特别给提米盖的。

"提米！"加内特叫道，"懒提米，到时间起床了！"但是提米早就醒了，然后从一旁的栅栏懒懒散散地走了出来，看起来既好奇又饿。它现在已经是个大个子了，它的皮肤又紧实又油亮，它站得很直，它看起来在任何情况下都能很好地照顾好它自己。前几周的每一天加内特都在训练它像一只冠军猪一样走路和站立。弗里伯蒂先生也告诉了她如何控制它沿着两块小木板走路，还有如何整齐地用它前面两只蹄子并在一起站立。

加内特用一根小树枝挠了挠提米的后背，它往栅栏侧边一躺，小眼睛半眯着，发出了满足的哼哼声。

"今天你必须记住我教给你的所有事情，"加内特告诉它，"你会待在一个你不太喜欢的小笼子里，坐很长时间的车，但是到时候会有很多其他的猪也会待在这样的笼子里。所以你可以交朋友而不是一个人。然后会有些人会过来看你，你必须就像我给你展示过一样正确地走路、站立，说不定你就会赢一条可爱的蓝丝带了。"

提米摇了摇它卷得像椒盐饼一样的尾巴，滚了一圈，背贴着地，让她可以给它挠肚皮了。

"加内特！"在屋子里的林登夫人叫道。"你现在马上进来穿好衣服！"

只穿着一件睡衣确实比较冷。加内特抱着冰凉的身体，然后迅速跑进了房间。

"母亲，你觉得它能赢奖吗？"她问。

"我不知道，亲爱的，"她母亲说，"自从你开始照顾它之后它就变了。"

加内特去了她的房间，小心地开始穿衣服。她穿上了那条蓝色的裙子还有鞋子。（但不是那双搭扣鞋，那双她永远都不会再穿了！）她把辫子扎得紧紧的，弄得自己都疼了，辫子不断蹭着她的脸，脸上跟涂了一层虫胶一样亮闪闪的。她下楼去了厨房，她听到了培根在平底锅里滋滋的、噼里啪啦的声音。

第八章 展会日

整个家都会去这次的展会，他们都为了参加这次的展会梳妆打扮了。杰和埃里克两个人第一次把头发梳得直直的，他们在头发上喷了很多水，脖子后面还是有一些发尾翘着。唐纳德不得不用林登夫人的一条围裙吃他的早饭，这样的话就能保证他不会把燕麦粥当作装饰弄到桌子上了。加内特觉得她母亲看起来美极了，她穿着一条印着花的裙子，还有她的头发也不一样了。林登先生看起来也不错，穿着一身黑色的西装，但衣服领子很扎人。

加内特感觉自己胃里有一个玩具风车一直在转，边转边溅出了火花。她对她母亲这样说。

"这是兴奋，"林登夫人平静地说，"这是兴奋和空虚的感觉。吃你的麦片。""哦，母亲！"加内特咕哝道。"我吃不下。""你吃得下，亲爱的，"她母亲无情地要求道，"直到你一勺一勺地把燕麦吃完你才能离开这个房子。"加内特残忍地搅拌着麦片。

"跟吃巨石大坝一样。"她抱怨道，但是她吃完了。然后她从她椅子上跳起来，然后冲向了门口，然后慢慢地，不开心地走了回来。

"那些盘子，"她说，"哦，这次把它们放在一边吧！"林登夫人大声地喊，"我们可以等我们回家后再洗它们。今天是个重要的日子。"

"你真好。"加内特边说边给了她母亲一个拥抱。

埃里克透过窗户大喊:"快点,加内特,弗里伯蒂先生开着他的货车来了,我们把提米放到他的箱子里吧。"

"可怜的小猪!"加内特对提米说,当他们把它放进笼子里的时候,它挣扎着,翻着白眼,尖声叫着。"但是想想你可以赢一个奖哦!"

"我肯定那头小猪对蓝丝带一点也不在乎,"弗里伯蒂先生说,"几平方米的小泥地,一个装满水的水槽,它就非常满足了。"弗里伯蒂先生笑了起来。"它的确看起来很讨人喜欢,是吧?闻起来也不错。这是怎么弄的?"

"哦,我给它洗澡了,"加内特说,"这是肥皂的味道。"

"我的天,多么时髦的一只小猪啊!"弗里伯蒂先生咯咯地笑着。"全身干净的毛发,还有那好闻的香水味,如果它拿不到奖的话,我就对展会负责人太失望了!"

弗里伯蒂先生仅仅是为了方便带上提米,他才提出要开着他的货车去新科尼斯顿的。林登家里没有货车,那辆福特车没有足够的空间同时坐得下所有人和提米的笼子。

"但是我要坐你的货车一起去,弗里伯蒂先生。"加内特告诉他。

"这样的话,你就能看着点那只小猪了,我打赌。"弗

第八章 展会日

里伯蒂先生说。"好吧，那上车吧。是时间出发了。"加内特看了一眼那个宝贵的笼子安全地放在货车的后面，然后她自己上了车。她和她正忙着收拾上福特车的家人喊了声再见。这个情况尤其对于刚刚到她家想要搭他们车的豪塞尔夫人、她女儿西特伦娜还有她儿子雨果是个难题。

"你决定跟我一起去真是件好事，"弗里伯蒂先生评论道，"要不然我都不知道你或者提米怎么去这次展会了。豪塞尔一家人都又壮又大。"

加内特看着豪塞尔夫人上了车。不知道是她想象的，还是说她真的看见了那辆福特车的弹簧陷下去了一点，就好像它因为太重叹了一口气。"我的天，"加内特心想，"母亲，父亲，杰，唐纳德，埃里克，还有豪塞尔夫人和雨果，还有——"

"西特伦娜！"加内特喊道。"你过来跟我们一起坐。这里有很多空间，对不对，弗里伯蒂先生？"

"总是能再坐一个人的。"弗里伯蒂先生主动说，绕过加内特给西特伦娜开了门。

加内特转过身子从窗户里看着在他箱子里待着的提米。

"它看起来好像心情不好，"她说，"它可能因为这件事永远都不会原谅我了。"

"只要给它点吃的东西,它总会回心转意的,"弗里伯蒂先生说,"猪只会在两餐中间有点敏感罢了。"

现在货车已经开到小路上了。

"我的天,我很害怕我根本来不及去展会了。"西特伦娜说。"默尔把车开去汉森去修汽车弹簧了,西塞罗、爸爸和艾德叔叔把我们的黑白花纹的荷斯坦公牛放到栏车上拉去展会了。家里没给我们什么剩下的东西,但是妈妈想起来问问你们家。"

"今天对展会来说是个好天气。"弗里伯蒂先生评论道。"不冷不热,而且一片云彩也看不到。"

"你觉得它够暖和了吗?"加内特问。

"谁?"弗里伯蒂先生说,"提米?它暖和着呢,你不用担心。"

等他们到霍格维尔的时候,弗里伯蒂先生停下了货车。

"要不要来点甜筒?"他问。

"这是个好主意。"加内特说。

"这是个绝妙的点子。"西特伦娜说。

所以弗里伯蒂先生走进了一间杂货店,给西特伦娜带了枫糖核桃口味的甜筒,给加内特带了巧克力口味的甜筒,还有一个香草原味的甜筒留给自己。但是他给提米买了

第八章 展会日

一个草莓味的,让加内特从笼子外的板条缝里塞进去。提米的鼻子在笼子周围开心地嗅来嗅去,没过一会儿它就吃完了,一粒碎屑都不剩。它看起来没那么糟糕了。

"它知道你无论如何都不会放弃它的。"弗里伯蒂先生告诉加内特。

西特伦娜只是站着盯着他们。

"给猪喂甜筒,"她说,然后若有所思地舔了好一会儿她的甜筒,"给一只猪!"她又说着舔了一口甜筒。"我的天,多么浪费啊!"她说。

"今天我做了很多坏事情,"加内特自豪地说。"没洗碗,给猪吃甜筒,还有早上九点钟就自己吃了一个甜筒!"

"一时半会儿伤不到你的。"弗里伯蒂先生说。他们回到了车上,关上了门。

他们在火热的蓝天下开着车。小山丘上没有雾,河面上也没有雾。

一切看起来跟水晶一样清楚。他们经过了梅洛迪小镇,加内特记起了公交上的那些人,还有人们下车后那趟美妙的乘车,还有她坐在椅子上弹来弹去忍住不叫的事情。

她回头看了眼提米。它躺下了。

"你觉得它没事儿吧?"她问。

"谁?"弗里伯蒂先生说,"提米?它很好,不能再好了。"

加内特看着弗里伯蒂先生盯着她的眼睛,笑了起来。

"你很懂猪,是不是,弗里伯蒂先生?"她问道。

"是这样,"他说,"应该的。养够它们了!"

现在他们能看见山上的新科尼斯顿了。加内特又感觉到胃里的玩具风车在动了。

他们开过了一排破烂的房子,然后穿过了那条大路,大路上有那些主要的大商店,还有加内特买礼物的折扣商店,经过了有喷泉的公园,到了城市外围的露天市场。

之后他们开车穿过了敞开的大门,进到了展会这个新奇又好玩的世界,这里就像故事里一夜之间出现的一座有魔力的城市。

展会里面充斥着各种转来转去、叮叮当当的混杂在一起的噪声、颜色和味道。每件东西看起来都在旋转,像旋转木马,摩天轮还有马车。这里有几十个尖顶扇形的帐篷,帐篷上面还飘着一些小彩旗。西特伦娜和加内特互相抓住彼此,她们一起蹦来蹦去,激动地叫着。弗里伯蒂先生是一个冷静的人。"我还是喜欢展会的。"他说。

他们直接朝牲畜的展馆区开去,然后停在了标着用黑色大写字母写着"猪"的那个展馆前面。

负责人有点胖,看起来人不错。他的名字叫弗雷德·伦伯克。他和弗里伯蒂先生把笼子搬了进去,打开了笼子,然后把提米放到了一个干净的笼子里,上面铺着些干草。"它只是感觉没在家而已。"加内特抱歉地对伦伯克先生说,因为提米刚刚一直站在那块被安放的位置,看起来有点没礼貌,对一切的东西都很厌恶。

"它是一头体形不错的小公猪,都一样的,"伦伯克先生带着真心敬佩的语气说(不仅仅是对小孩那种友好的语气),"谁来展示它啊?"

"我!"加内特回答,像母亲一样看着提米。

伦伯克先生拿出了他口袋里的笔记本和耳朵后面的铅笔,问了加内特她的名字还有提米的信息。然后他放了个牌子在提米的笼子上,上面写着:

级别36:出生半年以下的种猪

种类:汉普夏猪

所有者:加内特·林登

加内特读了三四遍那个牌子。然后她转过头向弗里伯蒂先生说。"我是不是要待在这里然后看着它?"她问。

"不,不,"弗里伯蒂先生说,"你们两个小女孩出去玩一会儿吧。等裁判来之前还有好几个小时。三点钟他们会到这里，然后你到时回来就行。"

"我不知道我是否能够等到三点钟。"加内特叹气道，但是下一分钟她马上忘记了关于时间和等待的事情。这里有许许多多可以看和做的事情。

刚开始，她们看了看棚子里其他的猪，有些跟提米是一个级别，有些比它要大，有些看起来更加壮实。加内特和西特伦娜紧张地审视着每一只猪。

"好吧，无论如何，"加内特说，"我肯定提米性格最好。""它也是最帅的。"加内特激动地说。

这个地方放的都是猪。这里有很多不同的品种，名字听起来都很夸张，比如波中猪、切斯特白猪，还有杜洛克大红猪。这里有些看起来很凶的公猪，还有带着体形大小不同的小猪崽的母猪。有一个猪圈里，一整窝小猪崽很快睡着了，全身就像蓟花的花冠一样白，还长着粉扑扑的耳朵和向上翘的小鼻子。它们看起来一点也不可能长大变成浑身乱糟糟的、乱嚎叫的、凶巴巴的猪。在另外一个猪圈里，在靠近棚子前面的地方有一头冠军猪，它全身是黑色的，发出雷声一样大的嚎叫声，体形跟一架钢琴一样大。它上面的牌子全部用钉子钉着之前展会赢的蓝丝带！

整个棚子里回荡着猪之间交谈的哼哼声、呼噜声、尖叫声和喃喃声。

第八章 展会日

"它们听起来好粗鲁,"加内特说,"就好像它们互相从来不说好话,但只知道对骂和争抢,互相让对方不要挡道。"

那后面的牛棚似乎很安静,令人尊敬。这里几乎没有噪声。两边牛棚站着的奶牛睁着温和的、空洞的眼睛,慢慢地上下活动着下巴。这里还有几只长着粉红色鼻子的小牛和几只体形庞大、看起来很危险的斗牛。

加内特和西特伦娜停在了豪塞尔家的黑白花牛面前,羡慕地盯着它。它体形又大又美,全身是油亮亮的黑白相间的皮。

豪塞尔先生走过来站在她们旁边,两只手插在口袋里。

"它看起来很不错,是不是?"他评论道。

"它之前追过我一次,"加内特相当骄傲地说,"我当时很害怕。"

"确实,那个时候是谁救了你啊?"某人猛地拽了一下她的一根辫子,问道。加内特转过头。果不其然是弗里伯蒂先生。

"你保证以后再也不这样做了。"她答应道。

"看起来你赢定了,赫尔曼。"弗里伯蒂先生对豪塞尔先生说,两个女孩接着去看了马厩。

马厩里有枣红色的、灰色斑点的和黑色的种马。它们伸着长长的拱形脖子,长着一双黑红色的眼睛。它们的蹄子在地面上一直摩擦发出很重的噪声。这里还有一只还不能很好站起来的小马驹。全身光溜溜的,有一双站不稳的长腿,但是它可以把腿折叠成一把剪刀的样子。它站在强壮的、保护欲极强的妈妈旁边,看起来很弱小但是很调皮。

"如果它是我的,我会给它起名字叫阿里尔。"加内特按着它的鼻子说。"哦,它的鼻子好软!鼻子就像苔藓、天鹅绒、宝宝的手掌一样软嘟嘟的。"

"但它长大之后这名字就不太合适了,"她想了想又说,"无论如何,阿里尔这个名字很搞笑,就像收音机里听到的搞笑名字一样,我不觉得这跟马的名字很配,"西特伦娜说,"如果它是我的,我会给它起名字叫黑美人,跟书里一样。"

"但是它不是黑色的!"加内特反驳道。"是啊,但对马来说是一个好名字。"西特伦娜说道。

最后她们累倒了。昏暗的棚子里,空气中混杂着一股重重的干草和动物的味道,像一阵风一样跑到了外面的五彩斑斓的展会上。

第九章　甜筒和蓝丝带

她们穿过了一条土路，这条路正好穿过了展会中央一个椭圆的大圈。过一段时间那条路就会是赛马的跑道了，两边都会是激动的观众，但是现在正好能够穿过。

她们简单地逛了一会儿，停下来看一会儿打靶游戏和打靶场，还有马车上尖叫的人们。她们买了两个甜筒然后闲逛着，在那些进去需要付钱的帐篷外面停下来读着外面的牌子。这里有很多这样的帐篷，都很有趣：神秘的读心人奥罗拉·赫德维茨教授，世界著名的看相学家；小赫拉克勒斯，本世纪的大力士；达格玛，女子吞剑专家；扎拉，杂耍舞蹈演员。最后一个名字，扎拉，上面有一个小提示写着，十六岁以下禁止入内。加内特和西特伦娜都很想知道为什么"十六岁以下禁止入内"。这里还有很多其他的帐篷和助兴表演,但是现在时间太早,他们都没开门。还有那些站在外面大声叫卖着收钱的人也还没出现。

帐篷门帘上写着"达格玛,女子吞剑专家"是开着的,加内特和西特伦娜看到了里面一个穿着和服的女人坐在椅子上在补一只袜子。她正在嚼口香糖。

"你觉得是她吗?"西特伦娜边走边小声说。

"这不可能!"加内特说。"我肯定那个吞剑的人估计看起来,和其他人不太一样,更疯狂一点。"

"但我肯定她就是!"西特伦娜坚持说。"她可能必须要嚼口香糖,"她又说,"保证她的下巴更灵活或其他作用。为了吞剑。"

她们走回去又偷看了一眼,但是这次那个女人注意到了他们,尽管她笑了,但是她把门帘关上了。

"我敢肯定是她。"西特伦娜激动地说。这是值得见证的一件事情,一个真正的女子吞剑人和其他人一样在补袜子。

旋转木马看起来很不错。这种上面只有马,而不是野兽,但这些漂亮的马都有点奇怪,它们都有火一样鲜红色的鼻孔和大大的笑容。加内特和西特伦娜各付了五美分然后

第九章 甜筒和蓝丝带

坐了上去。过了一会儿音乐响起来了，旋转木马开始转了。他们跟着木马一起快速地升起，然后像长了翅膀一样顺着风降落。

"我感觉自己有点太大，不适合玩这个了，"十一岁的西特伦娜评论道，"但是我还是很喜欢。"

"我永远不会觉得自己老到不适合玩这个，"加内特说，"我这辈子无论什么时间看到一个旋转木马我就会骑上去，等我有孩子了，我会跟他们一起骑上去。"

她们又坐了两次，然后她们下来了，接着她们的探险。她们还买了些爆米花，然后她们坐了一次马车，感觉非常棒。她们的脖子差点摔成了两半，她们脊柱所有的小骨头感觉飞散到各地然后又回到了远处，就像一部米老鼠的电影一样。

"哦，天啊！"西特伦娜尖叫道，当她们绕着圈的时候突然身子向前倒了过去。"这不是很糟糕吗？"

"但是有趣啊！"加内特尖叫着回应道，然后抓着西特伦娜又绕了一个圈。

她们感觉自己的脚步很轻快但却很奇怪，脑袋很晕，然后她们直接去了一个热狗摊，每个人吃完了两根热狗，还喝了一瓶根汁汽水。

"现在要不要去坐摩天轮？"加内特问，看起来做好了一切准备。

"我们等一会儿。"西特伦娜制止了她,小心地说。她看起来嘴巴周围有点绿。"我感觉不太舒服。"她说。

"只要别想它,你就会没事的。"加内特轻松地提议道,因为她没有胃痛。

她们决定去在另外一边远处尽头的厨艺和针织活的展区,展区都在一幢像谷仓一样大的房子里。这时有许多人刚刚到这儿,加内特刚好看到了她母亲,还有带着唐纳德和雨果的豪塞尔夫人。

"不要说感觉不舒服,"加内特提醒西特伦娜,"他们会觉得你需要回家。"

"无论如何,我现在觉得好多了。"西特伦娜说着,放松地叹了一口气。得知她自己没有生病真是万幸啊,展会都看起来有了新的色彩和不一样的美。

"哦,我感觉美极了!"她高兴地喊着,然后突然跳了起来。

她们走进了那栋看起来像谷仓一样的房子,然后看着里面的每件东西。里面有许许多多放着果酱和腌黄瓜罐子的架子,这里还有插着花的花瓶还有放在花盆里的植物。在一个玻璃橱窗里,这里有几十种不同形状的蛋糕,金色的蛋糕,大理石状的蛋糕,还有水果蛋糕,橘黄色的蛋糕,白色蛋糕还有巧克力蛋糕和海绵蛋糕！每一个旁边都放了一张小卡片，上面写着做这个蛋糕女士的名字。

"哦，它们看起来多美味啊，"加内特咕哝道，"我都流口水了！"

"我没有，"西特伦娜说，"我看着那些蛋糕还是感觉不太舒服。"

然后她们走到了针线活那一区。这里她们看见了加流苏的碎布地毯，带钩子的地毯，还有宝宝和小孩子的衣服，带几何图案的编织地毯和被子，还有绣着花和大狗头样的沙发靠垫和其他漂亮的东西。

加内特听见某人说："这不是那个我们在伊索山谷碰到的搭车的小孩嘛！"

加内特回过头，很肯定那个是穿着薰衣草图案裙子的赞格尔夫人，戴着一顶别着玫瑰花的帽子，然后站在后面，搭在她肩膀上的那双手的人就是赞格尔先生了，那个超级好的先生。加内特很高兴能看到他们。他们四处握着手，讨论着这个热闹的机会，然后顺便介绍了西特伦娜。

"你今天要展示一床被子吗？"加内特问赞格尔夫人。

"看看那个，"赞格尔先生说，挥了挥他张开的手，指着一床挂在墙上的被子，"好好看看那件东西。然后看看评委怎么说。"

加内特看着赞格尔夫人的被子,西特伦娜也是。上面几乎有世界上所有的颜色,全部是用一块块碎布拼在一起的,就像花园里盛开的花一样。这是你可以想到的能躺在上面睡觉的、颜色最鲜艳和巧妙的床单了。这上面一张卡片上写着赞格尔夫人的名字,还别着一条蓝丝带。

"漂亮!"加内特说。

"太漂亮了!"西特伦娜说。

"单看那些颜色就足够让你保暖了。"加内特说。

赞格尔夫人露出的金牙发着光。

"谢谢你这样说,"她笑着说。"我一直很喜欢这样很多种颜色。哎,但我觉得很糟糕,因为身上太多肉了,所以没法穿红裙子!我估计我会把它做成被子,因为它颜色这么亮。"

"你们三位女士要不要吃甜筒?"赞格尔先生热心地说。

"呃——"加内特看着西特伦娜说。

"呃——"西特伦娜看着加内特说。"我不觉得再来一个甜筒会伤着我,如果我慢慢吃的话。我觉得我现在没事儿了。"她小声地说。

所以他们都拿到了甜筒。西特伦娜吃完了整个甜筒,她完全好了。

第九章 甜筒和蓝丝带

她们感谢了赞格尔先生和赞格尔夫人,答应他们如果要来深水区的话一定跟他们打电话。赞格尔先生说他待会儿会过来看一眼提米。

两个女孩儿走回了帐篷和助兴表演那边,她们注意到有些人从那个牌子上面写着"扎拉,杂技舞蹈演员(16岁以下禁止入内)"的帐篷里走来出去。他们中间有一个男孩,他是埃里克。

"哎哟!"加内特走到他前面,抓住他手臂以防他逃跑。

"是啊,哎哟!"西特伦娜重复道。

"你什么时候过了你的十六岁生日啊,亲爱的埃里克!"加内特嘲笑道。

"说不定他还不识字呢,"西特伦娜嘲笑道,"说不定他还太小了!"

埃里克很冷静。他只是露着牙齿笑着,舔了舔他手上那根长长的黑色甘草糖棒。

"哦,我就是深吸了一大口气,热了热身。然后我目视前方,把我的钱给了那个站在讲台的男人,然后我就进去了。总之,很多孩子看起来都很小。"

"好的,但是埃里克,说说里面是什么样子的?"加内特在他旁边兴奋地跳着。

"肯定是有什么可怕的东西。"西特伦娜充满希望地说。

"哦，一点儿也值不上十美分，"埃里克失望地说，"就是一个穿着草裙的矮胖的女人。她有一头长头发，然后很多手链，然后她跳了某种舞蹈。你知道，像这样——"他努力扭动着身体去模仿那位杂技舞蹈演员。加内特和西特伦娜很开心。

他们继续边看边聊天。突然埃里克想起了记得的某件事开始大笑。

"你知道吗？"他说。"那个女人，那个叫扎拉的杂技舞蹈演员。她戴着一副眼镜，那种架在你鼻子上的，她肯定是忘记取下来了。她看起来很搞笑！"

他们发现林登夫人和唐纳德坐在其中一个帐篷的阴影处，他们看起来累坏了。

"唐纳德整个展会都在找他能够骑上去的东西，"林登夫人说，"他都试过了，除了马车和摩天轮，我是不会让他坐上去的。"

"小马——"唐纳德炫耀地说，"我坐在真正的马上绕着场地骑了一圈，我还坐了那个大的旋转木马和小的旋转木马，还有那个像火车一样的东西。"他看着他母亲说。"但是我想去坐马车，我想去坐摩天轮。"

"不行！"林登夫人直接回答。她已经几个小时一直重复在说那两件事情了。

第九章 甜筒和蓝丝带

"跟我来吧,唐纳德,"埃里克说,"我们去看那些小猪,还有那些好看的马,说不定我们还能在某个地方给你找到一个气球呢。"他牵着唐纳德的手,然后带他走了。

"我不知道我们是怎么跟埃里克相处这么好的。"林登夫人松了口气,用她的钱包给自己扇着风。

"杰和父亲去哪里了?"加内特问。

"你爸爸还在农场机械那里,"林登夫人说,"杰几个小时一直在往瓷茶壶里扔网球呢。"

豪塞尔夫人气喘吁吁地走到了他们身边,就像一辆车一样。她非常热,上嘴唇上面还有些汗珠,那张漂亮的圆脸上满是太阳升起的红色。她两侧夹着两个粉红色的大丘比特娃娃,一个穿着红色的芭蕾舞裙,一个穿着绿色的。

"它们是我赢回来的,"豪塞尔夫人说着,然后她慢慢地坐到了地上,"一个是在扔椰子的摊子,一个是在举重那里。你还以为他们有比丘比特娃娃更好的奖品呢!加内特你可以拿着绿色的那个,西特伦娜你可以留着红色的那个。我的天,我的背好痛。"

"快到家畜评选的时间了,加内特,"林登夫人提醒她,"你还有差不多半个小时。"

"我知道我们可以做什么了,我们还有时间,"加内特说,"我们现在去坐摩天轮怎么样,西特伦娜?"

"我觉得现在不错。"西特伦娜说。

所以她们去了摩天轮旁边的小亭子,然后付了钱,等它停了之后,然后并肩坐在一个小小的吊着的椅子上,她们前面还有一道防止她们掉下去的栏杆。

操作员拉起了一个大手柄,摩天轮突然倾斜了一下,发出了咯吱咯吱的声音,然后她们逆时针往上升了起来,地面和展会就像一个消失的世界一样远离了她们。这相当可怕,但是她们同时又很兴奋。等她们升到了顶端,她们能够看到帐篷、周围的田地,还有新科尼斯顿周围的形状很奇怪的平房。然后她们又下来了,就像从尼加拉瓜瀑布快速滑下来一样,然后又像枪打出去的子弹一样马上上去了。

等第三次她们升到顶端的时候,摩天轮停了,然后所有悬浮着的小椅子一直讨厌地摇来摇去。

"他们可能只是让更多的人进来而已。"西特伦娜确定地说,然后她们靠着栏杆,往下看着,但是没有人上车。她们看见操作员弯着腰,背对着她们。他拉着手柄,然后摩天轮晃了一下,但是没有动起来。她们看着他生气地来回拉着手柄,并把帽子转到了后面,擦了一下额头,然后他抬起头。

"大家伙,没什么可担心的。"他喊道。"只是一个暂时的延误而已。"

"他意思是这个卡住了。"西特伦娜抱怨道。"哦,天啊!"

"而且快到提米和评委碰面的时间了,哦我的天!"加内特说。

往下这样望会让你感觉很难受。加内特抓住了椅子的把手,然后抬起了她的眼睛。下面和周围都是展会旋转着的、叮当作响的、毫不关心的声音,她从来没有见过一个足够高的梯子能够到摩天轮的顶端的。这样想她感觉很奇怪。

"我们总会被困在最糟糕的地方,"西特伦娜抱怨道,"图书馆和摩天轮!"

"哦,他们会很快把它修好的。"加内特抱着希望说。

但是摩天轮已经卡住超过半个小时了。

她们仿佛置身于世界的顶端,却什么都不能做。太阳残忍地落山了,现在九月凉爽的大风就像小溪底冷空气一样向她们涌过来。

"那是杰。"西特伦娜说。

能肯定的是,杰站在那里,在地面看起来又小又不显眼的样子,双手捂住了嘴巴。

"嗨!"他喊道。"三点钟了!快点!"她们几乎听不到他的声音,但是猜出了他的意思,因为他一直指着他手上戴着自己的表。

"我们没有任何降落伞!"加内特喊回去。

"说不定他觉得我们应该直接张开翅膀飞下去。"西特伦娜讽刺地说。她很渴。

杰无奈地盯着她们,然后走过去跟那个操作员说了话。等他和操作员说完了话,他又抬头看了一眼两个女孩儿,然后耸了耸肩。"一时半会儿没办法,"他喊道,"我们会让信鸽给你们送午餐的。"他开心地大笑着,然后离开了。他迈开腿走得非常快,就像一把剪刀一样。"幸运的杰,"加内特心想,"幸运的杰,两条腿能在结实的地面上踏实地走着。"

"他特别搞笑,是不是?"西特伦娜闷闷不乐地说。

"哦,我们很快就能下去的,不用担心。"加内特安慰道。她看了看自己,然后坐在其他椅子上面的人。她们后面一个男人自己坐着,他还特地带了一份报纸在看。她们前面是一个男人和一个小女孩,在纸片上写了些东西,然后把纸条扔给他们下面的朋友,中间还不时发出了笑声。没人看起来担心的样子。

这时摩天轮突然动了一下,然后向前移动了。每个人都很享受这个时间,但加内特和西特伦娜她们必须停五次的时间,让她们前面的人下车。

"快点!"加内特抓住西特伦娜的手向前跑去,"我们必须到提米的身边!"

第九章 甜筒和蓝丝带

"哦,天啊!"西特伦娜抱怨道,迈着大步慢跑着,跌跌撞撞地穿过人群。"我现在只想喝一杯水!"

"以后,"加内特保证道,"以后喝很多桶水。加油,快点!"

但是等她们到那条横穿的小路那里,门前有一道栏杆,旁边站着一个看起来很严肃的保安。"现在,放轻松。"他对女孩们说,但她们只想穿过人群跑到赛道的对面。

"这里正有一场赛马比赛。你们需要等比赛结束。"

赛马们慢跑经过时,跑道上尘土飘了起来,阳光照在摩天轮的轮条上闪闪发光。

"我从来不知道一场比赛可以这么慢!"加内特抱怨道,上蹿下跳,扭动着双手。"哦,天啊,我忍不了了。"

"没关系的,"西特伦娜说,轮到她安慰了,"我很高兴能休息一会儿,我们会很快到那里的。"

比赛终于结束了。保安抬起了栏杆,她们穿了过去。她们永远都不会知道哪匹马赢了比赛,她们也不在意。她们自己就在赛跑。

她们冲进了展馆,加内特凭自己穿过了人群,到了弗里伯蒂先生身边,正好看见他站在提米的笼子旁边。

"我们太迟了吗?"她喘着气,几乎快要哭出来了。弗里伯蒂先生用他宽大的手掌摸着笼子上提米的牌子。

"评委来过然后走了,"他悲伤地说,"哦,我的天——!"加内特说着,然后她看见了他指着的东西,正是一条蓝丝带。一条蓝丝带!它别在提米的卡片上。

"哦。"加内特说,一瞬间不知道说什么好。然后她开始激动地跳来跳去。"哦,太棒了!"她喊道。"哦,弗里伯蒂先生,太棒了!"然后她翻过栏杆,走进了提米的笼子里,抱着它给它一个紧紧的拥抱。

"亲爱的提米,你为自己骄傲吗?"她说。提米发出了一声憋了很久的咕噜声。

"它跟我们一样都有自己的虚荣心。"弗里伯蒂先生手臂靠着栏杆,评论道。

"你现在不要惯着它,否则你将会有一头和它们一样喜怒无常的猪。它今天已经得到很多关注了,你快从笼子里出来,我们出去庆祝。"

加内特不情愿地翻过了栏杆。提米不在乎,它舒服地躺着,两只蹄子交叉着,大声地打着呼噜,然后睡着了。

林登先生和林登夫人穿过了人群走向了他们,他们一直在到处找加内特。后面跟着来的是豪塞尔夫人,她拿着两个气球,一个看起来是米老鼠的形象,另一个看起来像齐柏林飞艇。她还拿着一个有缺口的玻璃碗,里面有六个她从宾果游戏里赢来的蜡果。

第九章 甜筒和蓝丝带

"你看到提米的结果了吗？"加内特喊道，撞到了他们父母的身上。

"评委来的时候我们在场，亲爱的，"她母亲答道，"我们看着它被展示了。"

"我的天，"加内特激动地说，"谁展示它的？"她之前从没想过这个问题。

"你觉得呢？"某人又抓了她的一根辫子。加内特不用回头就知道是谁了。这次肯定又是弗里伯蒂先生，理所当然。

"哦，天啊，"加内特说，"可怜的弗里伯蒂先生，总是能救我一命。"

弗里伯蒂先生笑了。

"好吧，这次你没办法帮忙，"他安慰她，"我看见你和西特伦娜卡在那个小篮子里面，然后我对自己说，我们只能自己上了。我对那只小猪也这样说，然后它告诉我，'好的'。"

"你跟提米已经做得很好了，"她父亲说，手臂环住她的肩膀。"说不定在你长大后会成为家里的一个农民。杰似乎没这个想法，我觉得唐纳德会变成一个联邦调查员。"

"埃里克呢？"加内特问。

"埃里克可能不会一直跟我们待在一起，"她父亲回答道，"但我希望他能。"

"我也是。"加内特赞成道。埃里克现在已经是家里的一分子了,一个哥哥。如果他离开的话,这就太糟糕了。

"他现在来了。"她父亲说。

埃里克肩上骑着唐纳德,他的旁边是雨果·豪塞尔。唐纳德手上有一个气球,还有一个锡罐子喇叭,雨果拿着一包花生还有一面小旗。他们全都看起来脏脏的,但是很开心。加内特告诉了埃里克关于提米的消息,然后自己跑去看蓝丝带了。

"他们有给母鸡的奖吗?"他问道。"下一年我觉得我打算去展示布伦希尔特!"

"杰在哪里?"加内特问道。杰到哪里去了?她确实想要给他看提米获得的荣誉。没有他,她就不能完全地享受她的成功了。

"哦,我差点忘记了,"弗里伯蒂先生说,"加内特这里。"他伸进了自己的口袋,"你的奖金。三块崭新的一美元纸币还有五十美分的硬币。"

加内特被这么多钱吓到了。她把干净的纸币折起来,然后放进了她的钱包里。

"你要拿这些钱做什么?"西特伦娜相当羡慕地问。

"首先,"加内特说,"我要办个派对。今天晚上我会给每个人买晚饭。之后——好吧,我还没想好。"

第九章 甜筒和蓝丝带

但是她自己心里想:"我先保存一段时间,有一天我会想要用它买某件很重要的东西。或许在圣诞节,或者下一次我在邮箱里看到账单了。我还想知道一个二手的手风琴要花多少钱。"

"我要去找杰了。"加内特告诉她的家人和朋友,然后偷偷溜出了棚子,然后撞见了下午柔和的阳光。

几分钟后,她差一点撞到了他,他手上抱着一个箱子,然后走得很快。

"杰!"加内特说。"提米得了一等奖!"

"我知道,"杰说,"我看见它拿到奖的。看,我给你赢了个东西。一件礼物,因为提米的事情。"

"哦,杰太棒了。"加内特心里想,双手着急地扯掉了箱子上的绳子和包装纸。

她决定尽快弄清楚关于手风琴的事情。她打开了箱子。里面躺着一层西瓜红的人造纱纸,里面是一把梳子、一把刷子,还有一面镜子,都是漂亮的淡紫色。加内特被它们的美丽惊呆了。

"哦,杰!"她说。这是她所有能说的话。

"好了,不用在意,"杰尴尬地说,"我只是觉得你可能用得上。来,我们去那些帐篷那边,看看里面是什么吧。"

他们走进了一间又一间帐篷,他们看到了奥罗拉,神秘的读心人,但是觉得她没什么。"那是个过时的把戏,"杰嘲笑道,"我九岁就能完成了。"他们看了小赫拉克勒斯,那个胖胖的举重员,穿着一件豹纹的衣服和高到膝盖的凉鞋。他们看到了达格玛,那个吞剑的人,她很棒,而且她跟之前加内特和西特伦娜见到的补袜子的女人一模一样。他们看了《珠宝女孩们和布鲁诺》,他们也很棒。他们还听了《汉克·哈扎德和他的乡亲们》的乐团演出。"我的耳膜感觉受伤了。"杰之后说。

那个时候天变暗了,他们一起办了一个晚餐派对。他们花了点时间找到豪塞尔夫人,但是最后看见她在射击馆里正闭着一只眼睛,瞄准一个茶壶准备射击。他们看着她打破了一整排茶壶,还有一些小雕像,然后非常骄傲地去领了奖,奖品是一幅油画,上面一个印第安人女孩坐在独木舟上。它还有一个用真正的桦树木头做的画框。

"艾伯哈德外祖母会喜欢这个的。"豪塞尔夫人说。"她记得伊索山谷里的印第安人。总之,她很喜欢这种画。"

他们一起在柜台吃了晚饭。这是加内特自己的派对,每个人都玩得很开心。

他们吃东西的时候,伟大的佐兰德正在展会的上方走在他拉紧的绳子上,有一道光一直跟着他,让他的装饰亮片看起来闪闪发光。当他在观众头顶上优雅地向前移动着,他看起来是一个特别高兴、被施了魔法的人。

之后加内特跟提米说了再见。整个棚子里都是闪烁的灯光和天花板上吊着的油灯照射下来的影子。提米交叉着自己的脚,闻了闻她的手掌。但是没有给它的任何东西,所以它又躺下了。

"晚安,提米,"加内特说。"三天后我会来把你带回家的。"

她坐上弗里伯蒂先生的车准备离开,加内特回过头,望着窗外。摩天轮就像一个光圈,所有的帐篷都是一个充满亮光的灯笼。在周围黑乎乎的田地里,整个魔法般的、临时的展会就像在一片黑色的海面上的磷一样闪闪发光。

西特伦娜叹了口气。

"我觉得我很长一段时间都不会想吃甜筒了。"她说。

第十章　银顶针的夏天

加内特觉得，埃里克教她学会翻跟头是件好事。当你开心的时候，知道怎么做一两个翻跟头非常方便。比跳、比喊要好得多了。

她走到了房子外面，然后翻了几个跟头，然后她记起自己忘了件事情，然后走进了房子，她走进了她的房间。她先翻找了一个抽屉，然后找到了她的钱包，把银顶针拿了出来。她用了她毛线衫的前面好好地擦了擦，直到它有了个不错的成色。然后她把它放进了她的水手裤里面，又一次下了楼。

埃里克和杰正在谷仓的房顶上钉木板。除了刷漆之外，

第十章 银顶针的夏天

谷仓已经全部建好了,而且看上去很不错。

这里有一个梯子靠在旁边,加内特迅速爬到了屋顶上面。当她向上爬到房梁的时候,她光着的脚丫紧贴着木板,杰和埃里克像两只乌鸦一样稳稳地站在一边。

"嗨。"她说。

"你可以帮我们钉木板。"杰递给了一把多余的锤子。她蹲在他们旁边,但是她没干多少活,她一直抬头四处看着。下面是他们自己谷仓的院子,一个棚子里是奎因夫人和它的家人,另一个是提米住的棚子。这里是那只黑鸡,布伦希尔特,在它自己那块地上划来划去,旁边是其他的来亨鸡,做着和鸡一样愚蠢的行为,蹭着地,用一只脚站立然后突然惊叫,漫无目的地四处看着,然后又开始蹭地,暂停之后马上又恍惚地咯咯叫了起来。

在谷仓院子上面是一片牧场,奶牛在一个牧场低着头吃草,另外一片草地上马儿们开心地一圈圈跑着。

在上面是豪塞尔家的农场,一条河流穿过,就像用镜子做成的一条路。这条河流穿过了整个山谷,眼睛能够看见的地方,玉米都被收割完了,只有玉米秆插在原地,像一个个简陋的小屋。树林那边,山谷上还是茂密的绿色和树叶的阴影,但是其他都是一片金黄色的。

"埃里克,"杰突然说,"你长大后要做什么?"

"差不多跟我现在做的一样,"埃里克马上回答道,"我已经计划好了。只要你父亲愿意的话,我会在他手底下努力工作然后攒下每一分我挣的钱。有一天说不定我会得到属于我的农场。如果可以的话,我希望我的农场就在这个山谷里,靠近你父亲的农场,然后跟他的大小和风格一样。"

加内特偷偷瞥了杰一样,心想:"他现在会怎么说?"

"埃里克,你当一个农民能干什么?"他失望地问。"这份工作没有冒险,没机会去看这个世界。"

"我已经看了很多地方了,谢谢,"埃里克说,"我也经历了很多冒险,如果你愿意这样说。我更喜欢这样。我希望能够在这里能待多久就待多久。总之,你知道的,我喜欢农业。有一天等我有自己的农场了,我会跟我父亲一样养山羊,还有绵羊。但是我不知道,说不定不会。总之,我会养猪,养一群奶牛,但是不养母鸡,除了布伦希尔特,因为这是我目前唯一见过的还有点意思的一只母鸡。或许我会再养一只公鸡。一个农场不能没有一只让你知道天亮了的公鸡。"

"哦,但是农场里总会出现麻烦,"杰抱怨道,"枯萎病,家畜生病,还有虫子和干旱。"

"干旱!"埃里克厌恶地说。"你这里遇到的只是一个小干旱。你永远都不会遇麻烦因为你够幸运的了,还有记住我说的这句话。我看见过河道干涸然后缩成一无所有,土地上到处都是裂痕,家畜渴死了。是的,在堪萨斯州我看见过一阵从牧场上卷起的沙尘暴,就像你的帽子一样黑,跟天空一样高。等它经过的时候,我们必须用破布蒙住自己的脸,即使这样它也会跑进我们的眼睛和嘴巴里。你能感觉它在你的牙齿缝里,你的脖子后面,还有你的口袋里!过了一会儿,一些原本是一片漂亮的绿色农场的地方,看起来就跟撒哈拉沙漠一样。你不知道什么才是麻烦,杰。"

猪圈外面长了一棵樱桃树,它羽毛一样的树干差不多扫到了屋顶。杰弯下腰,折断了一根小树枝,若有所思地嚼着这苦苦的水果。

"好吧,我不知道,"过了一会儿他说,"说不定你的想法是对的,但我还是觉得我想要去某个地方看看,看看这个世界。说不定我做完这个,我就想要回来和父亲一起打理这个农场了。如果你要买我们旁边的地,我们说不定可以一起工作,成为伙伴,打造成一个一流的地方。你觉得怎么样?"

埃里克开心地笑着。

"我听起来挺好的,"他说,"我们都会成为队友。如果加内特愿意的话,她也可以成为我们的队友。"

加内特感觉很开心。她放下了她的锤子然后把手放进了她的口袋。她发现其中一个口袋里有她想要给埃里克看的那枚银顶针。她拿了出来,戴在了手上。

"看，埃里克，"她说，"我在河流的其中一块泥地里面找到的，由于干旱的缘故它才出现的。它是银做的，非常有价值。你知道为什么吗，埃里克？"她靠近他，用挑战的语气说。"因为它是有魔力的。杰说根本没有这种东西，但是他不知道。关于这个顶针，有很棒的地方，我一找到它，所有的事情开始发生了，正好在那天晚上下雨了，干旱停止了！然后马上我们拿到了钱来建农场，你在树林里看到我们石灰炉的火光，然后来到了我们家。然后我和西特伦娜被锁在了图书馆，非常刺激，然后我一个人去了新科尼斯顿。那也是一场冒险，我开始的时候甚至觉得我疯了。之后当然是提米在展会上了赢了奖。自从我发现它之后，所有的好事都发生了！只有我活着，我一定会把这个夏天叫作'银顶针的夏天'。"

"好吧，如果它是一个有魔力的顶针，我必须感谢它把我带到这里了。"埃里克说。

加内特非常开心。她很开心，没什么特别的理由，她感觉自己必须很小心地移动才不会破坏这种幸福的感觉。她从屋顶上小心地下来，穿过蔬菜园的时候，甚至穿过牧场到泥潭里去的时候，也是一步步小心地走的。一道绿光，静静地在柳树枝中间发着光。水面又清澈又平静。

加内特靠着一棵树，她很安静，以至于一只蓝色的大

第十章 银顶针的夏天

苍鹭以为自己是一个人,在树枝之间穿梭着,然后停在了水岸。她看着这只漂亮的动物,它蓝色的冠羽和细长的腿,不时用它的喙扎入水里。她离得特别近,她可以看到它琥珀色的小眼睛。它单脚站着沉思了一会儿,跟一个鸟的石雕像一样静止不动。那一刻对加内特来说它好像变成了她的伙伴,一个能够理解并分享了她的喜悦的动物。有那么一两秒钟她和鹭一动也不动地站着,然后那只鹭展开了它的大翅膀飞走了。

但是现在这种幸福感正在一直增加。加内特觉得自己马上要因为这个爆炸了,或者开始飞起来,或者她两根辫子会不断地竖起来,然后和夜莺一样唱歌!她没办法再留住它了。现在它开始发出了一种噪声,然后在她肺部上面叫喊着,她跳着离开了这片昏暗的柳树林。

格里赛尔达,新泽西州最好的奶牛,抬起它们温和的、略带责备眼神的眼睛,长时间一直盯着加内特,在牧场下面翻了一个又一个跟头。